KB191419

문지스펙트럼

세계의 고전 사상

7-004

시학

아리스토텔레스 지음
이상섭 옮김

문학과지성사

세계의 고전 사상 기획위원 성민엽 · 김태환 · 김재인

문지스펙트럼 7-004
시학

제1판 1쇄 발행 2005년 5월 16일
제1판 17쇄 발행 2022년 11월 10일

지은이 아리스토텔레스
옮긴이 이상섭
펴낸이 이광호
펴낸곳 ㈜문학과지성사
등록번호 제1993-000098호
주소 04034 서울 마포구 잔다리로7길 18(서교동 377-20)
전화 02)338-7224
팩스 02)323-4180(편집) 02)338-7221(영업)
전자우편 moonji@moonji.com
홈페이지 www.moonji.com

ISBN 978-89-320-1595-3
ISBN 978-89-320-0851-5(세트)

■ 옮긴이 서문

나와 『시학』의 인연

1958년 가을 학기에 대학 3학년생이던 나는 미국에서 방금 부임한 철학과 김하태 박사의 '아리스토텔레스 철학'을 수강했다. 미국 철학자 리처드 매키언 Richard McKeon이 편집한 『아리스토텔레스 철학 입문 *Introduction to Aristotle*』을 교재로 하여 『정신론』『형이상학』『윤리학』 등을 부분적으로 읽었다. 학기말에 각자가 아리스토텔레스의 저작들 중에서 마음대로 선택하여 이른바 리포트를 써내는 것이 숙제였는데, 나는 『시학』을 선택하여 위의 책에 포함되어 있는 바이워터 Bywater의 영역본을 읽었다. 그것이 내 생애 내내 지속된 『시학』과의 관계의 시작이었다. 어떻게 썼는지는 전혀 기억나지 않지만, 김 교수님은 내게 썩 좋은 점수를 주셨다.

그후 영국 문학 비평사를 전공 영역으로 정한 나에게 『시학』은 내가 결코 떠날 수 없는 '말뚝' 같은 것이 되어버렸다. 1964년에 미국 에모리 Emory 대학에서 영문학 박사과정의 필수 과목인 비평사를 수강하면서 새무엘 부처 Samuel Butcher의 이름난 번역판으로 『시학』을 본격적으로 공부했다. 헬라의 비극과 연결시켜 『시학』을 논하는 숙제를 써갔던 기억이 있다. 3년 뒤, 1967년에 미국의 한 대학에서 새내기 교수 노릇을 하면서 첫머리를 『시학』으로 시작하는 비평사 강의를 했다. 그것이 내가 지금껏 해오고 있는 비평사 강의의 출발이었다. 비평사 강의는 『시학』에 대한 언급으로 시작할 수밖에 없으므로 거의 매년 적어도 한 번씩은 대강으로라도 그 책을 거듭 읽곤 했다. 그러니까 줄잡아 한 30번은 만지작거린 셈이다.

1996년에 『영미 비평사』 전 3권을 완간하였을 때 나는 미흡감에서 벗어날 수 없었다. 나의 미흡감은 영미 비평사의 시원인 아리스토텔레스의 『시학』에 대한 본격적 논의를 어쩔 수 없이 제외했다는 사실에서 오는 것이었다.

그래서 결국 『영미 비평사』 1 · 2 · 3권에 앞서 『영미 비평사』 0권에 해당하는 『아리스토텔레스의 『시학』 연구』를 정리하기로 마음먹었다. 비평사를 공부한다는 내가 피할 수 없는 일이었다. 1999년 9월부터 2000년 2월까지 모처럼 얻은 연구 학기를 미국 로스앤젤레스에 있는 캘리포니아 대학에서 보내면서 최근의 『시학』 관계 문헌을 뒤적였고 중요한 책도 구했다.

천만 뜻밖에 1999년 11월 그곳의 한 결혼식 피로연에서 나는 41년 전에 내게 아리스토텔레스를 가르쳐주신 김하태 박사님을 만났다. 90에 가까운 나이에도 정정하셨다. 머리가 허연 60객의 내가 누구인지를 소개하고 41년 전에 그분에게서 배운 아리스토텔레스의 『시학』에 대한 연구로 나의 문학비평사 연구의 마지막 책을 마무리하려 한다고 말씀드렸다. 놀라시는 모양이었다.

내가 『시학』을 한국에서는 아마도 가장 오래, 또 자주 다루어온 사람이면서도 정작 그 연구의 정리를 꺼린 이유 중 하나는, 내가 헬라어를 전혀 모른다는 사실에 있다고 하겠다. 그러나 헬라어 원어로 『시학』을 읽지 않고서는 『시학』에 대하여 아무 말도 할 수 없다면 세상에 우수한 번역 및 해설이 왜 그리도 많이 나와 있는지 모를 일이다. 모두 학술적 연구에 도움을 주려는 것이 아닌가. 『시학』은 번역할 수 없다는 서정시도 아니며, 번역하면 적잖은 손실이 생긴다는 소설이나 희곡도 아니고, 보편적으로 이해될 수 있다는 진실 또는 사실을 다루는 과학적 논의이다. 단적으로 말하면 아인슈타인이 독일어로 쓴 『상대성 원리』를 독일어를 모르는 미국 물리학자가 영역판으로 읽어도 그 내용을 충분히 알 수 있는 것과 마찬가지다.

그리고 한 가지 빼놓을 수 없는 사실은 내가 한국 문학에 대하여 조금은 아는 사람이므로 『시학』의 해석 · 해설에 서양 학자들의 견해만을 반영하지 않는다는 것이다. 이 점은 특히 강조하고 싶다. 그렇다고 해서 나는 일관된 동서양 비교문학적 관점에서 『시학』을 다루는 것은 아니다. 어디까지나 한국의 영미 비평사학자가 보는 대로의 『시학』이다.

그러나 평생 손에서 놓아본 일이 없다고 자부하는 『시학』을 총 정리하는 마음으로 다시 꼼꼼히 읽어보니 내가 아는 것으로 치부하고 지나치곤 하던 부분, 놀랍게도 내가 처음 보는 듯한 새삼스런 부분이 적지 않다. 또한 이름난 학자들의 저작들을 통해 참으로 많은 것을 배우고 깨달았다. 더욱이 『시학』의 내용과 견주어보면서 오래전에 읽었던 헬라의 위대한 비극 작품들을 다시 읽고 지금껏 말만 듣고 읽지 않았던 작품들도 처음 읽는 과정에서 참으로 오랜만에 배움의 감동을 느낄 수 있었다.

물론 국내에 『시학』의 번역이 이미 여러 편 나와 있다. 모두 무척 큰 수고를 한 보람의 결과들이다. 내가 여기에 다시 새로운 번역을 내놓는 것은 내가 서양, 특히 영국의 비평사를 전공했다는 사실이 내 번역과 해석에 의미 있는 차이를 부여할 것이라는 믿음에서이다. 『시학』에 나타나는 여러 개념들은 그 이후의 서양 비평사에 반영되는 동안 일정한 의미들을 획득하였는데, 이들을 무시하고는 그 개념들에 직접 접근하는 것은 위험하다. 또한 우리나라에서 과거 수십 년간 문학론에서 써오는 용어들과의 관련성도 세심히 짚어보아야 할 것이다.

나는 여러 영역본과 주석을 사용하여 나 나름으로는 『시학』의 내용을 충실히 옮길 뿐 아니라 오늘의 한국인이 읽을 만하게 만드느라고 꽤 고심했다. 내가 주로 의존한 영역본은 엘지 Else, 허버드 Hubbard, 핼리웰 Halliwell의 것이며 과거에 명성을 날렸던 부처와 바이워터도 가끔 참조했다. 한국의 유일한 서양 고전 학자 천병희(千丙熙) 교수의 국역본은 나의 문학관과는 너무나도 어긋난다는 사실을 발견했다. 자구 주석은 류커스 Lucas, 해석과 비평은 엘지, 하디슨 Hardison, 핼리웰, 그리고 로티 Rorty(편)에 주로 힘입었다. 그러나 나 자신의 서양 비평사 연구에서 오랜 세월 동안에 형성된 일정한 관점에 비추어 언제나 취사 · 선택 · 재해석했다는 사실을 밝혀둔다.

나는 이 『시학』 번역 및 주석의 초고를 2000년 2학기에 '아리스토텔레스의 『시학』 연구'라는 대학원 강의에서 기본 교재로 사용했다. 국문학 · 영문학 · 노문학 학도들이 다수 수강 · 청강했다. 강의를 해나가면서 실로 많은 점들을 새로 깨달았고 강의 참여자들의 리포트들을 통해 배운 것도 허다하다. 강의에 참여했던 사람들에게 고마움을 전한다.

끝으로, 이 책은 2002년 2월에 문학과지성사에서 펴낸 내 책 『아리스토텔레스의 『시학』 연구』에서 연구 논문과 고전 비평선을 제외한 것임을 밝혀둔다.

2005년 5월

이상섭

차례

옮긴이 서문: 나와 『시학』의 인연 / 5

시학(제1장~제26장) / 15

옮긴이 주 / 95

참고 문헌 / 175

시학

제1장 기본 문제들[1]

나는 일반적인 의미의 시 창작 기술,[2] 시의 여러 종류, 그들 각각의 본질적 기능들을 논의하고, 시 창작에 성공하기 위해 필요한 플롯[4] 구성의 방법을 설명하고, 시[5]를 이루는 부분들의 수와 성질을 가려내고, 기타 이 연구에 관련된 여러 문제들을 취급하려고 한다. 기본 원칙들로부터 시작하여 자연스럽게 논의를 펴나가기로 한다. 1447a7[3] 10

서사시와 비극과 희극과 '디튀람보스,'[6] 그리고 대부분의 피리나 현금[7]을 위한 음악은 하나로 뭉뚱그려볼 때 모두 모방[8]의 여러 형태들이다. 그러나 이들은 모방의 수단 · 대상 · 방식 등 세 부분에서 서로 다르다. (수단에 대한 설명을 먼저 하자면) 능숙한 기술에 의해, 또는 오랜 습관에 따라 색채와 형상이라는 수단을 통해 여러 사물의 모양을 재현하는 사람들이 있고, 목소리를 수단으로 사용하는 사람들도 있듯이, 위에 언급한 여러 기술들(비극, 희극, 디튀람보스, 피리, 현금 20

음악 따위)에서 모방은 리듬과 말과 선율[9]을 수단으로 하여 이루어진다. 그런데 이들은 각각 독자적으로, 또는 서로 결합하여 사용할 수 있다. 예컨대 피리와 현금의 기술과 그 비슷한 기능이 있는 목동 피리 같은 기술들은 선율과 리듬만을 사용한다. 춤의 기술은 선율 없이 리듬의 수단으로 모방을 제시한다. 즉 춤꾼은 동작을 이루는 리듬을 통하여 성격 · 감정 · 행동을 모방한다.

단지 말만을 사용하는 기술, 또는 운율적 형식을 갖춘 말을 사용하는 기술은 여러 운율의 결합을 사용하든, 단지 한 운율만을 사용하든 아직 이름이 정해져 있지 않다.[10] 소프로노스와 크세나르코스의 소묘극[11]과 소크라테스의 대화록[12]은 공통된 명칭을 갖고 있지 않으며, 또한 '단장 3보격 운율'[13] 이나 '엘레게이아 대구'[14]나 또는 그런 운율을 쓰는 모방적 작품들 모두를 가리키는 이름도 없다. 물론 사람들이 '시'라는 개념을 운율의 종류에다 붙여서, 그런 작가들을 '엘레게이아 시인,' '서사 시인' 등등으로 부르지만, 이런 구분은 모방의 기능 때문에 시인의 지위를 가진다는 사실을 가리키지 않고 그들이 공통적으로 운율을 사용한다는 사실만을 가리킬 뿐이다. 그래서 의학이나 자연과학의 저술이 운문으로 되어 있다면 사람들은 그 저자에게 여전히 시인이란 이름을 부여하고 있다. 그러나 호메로스[15]와 엠페도클레스[16]는 운문 이외에는 서로 공통점이 없다. 그러므로 호메로스는 시인이라

1447b

10

해야 하지만 엠페도클레스는 시인이라기보다 자연철학자라 해야 할 것이다. 마찬가지로 누가 온갖 운율을 뒤섞어서 한 편의 모방 작품을 만든다면 — 카이레몬[17]이 그의 운율 혼합 랍소디아인 『켄타우로이』를 지은 것처럼 — 그 역시 시인이라 불러야 한다. 이런 문제를 명확히 하기 위해서 반드시 적절히 구분해야 한다. 한편 디튀람보스 · 송가[18] · 비극 · 희극 등과 같이 앞서 말한 모든 수단들, 즉 리듬 · 선율 · 운율을 모두 사용하는 시적 기술도 있다. 그 모두를 처음부터 끝까지 사용하는 것도 있고 단지 부분적으로만 사용하는 것도 있다.

이상은 시인들이 모방에서 사용하는 수단을 대상으로 하여 여러 가지 시적 기술들을 구분한 것이다.

제2장 모방의 대상

1448a2 모방 기술자[1](시인)는 어떤 행동을 하는 사람[2]들을 모방하는데, 사람은 고상하거나 또는 저열하거나[3] 둘 중 하나이므로(사람의 성품[4] 차이는 잘나든가 못난 정도에 따라 달라져서 그 두 부류로 나뉘기 때문이다) 사람들을 보통보다 더 좋게 또는 더 나쁘게 또는 보통과 같게 모방하게 된다. 이는 그림에서도 마찬가지이다. 폴뤼그노토스[5]는 사람을 보통보다 잘나게 그렸고 파우손[6]은 못나게 그렸으며 디오뉘시오스[7]는 보통으로 그렸다. 위에서 말한 모방의 여러 유형들이 각각 이런 차이를 보일 것이 분명하며 그 모방의 대상에 따라 서로 구분될 수도 있을 것이다.

이런 차이는 춤에서도 나타날 수 있으며, 피리와 현금 음악에서도 나타날 수 있고 산문이나 운문을 사용하는 기술에

10 서도 그렇다. 예를 들면 호메로스는 잘난 사람들을 모방했고, 클레오폰[8]은 우리와 같은 보통 사람을 모방했으며, 파로

디아[9]를 처음 지은 타소스 출신의 헤게몬과 『데일리아다』의 작자 니코카레스[10]는 못난 사람을 모방했다. 같은 원칙이 디튀람보스와 송가에도 적용된다. 이는 우리가 볼 수 있듯이 티모테오스와 필록세노스[11]의 방식을 따라 퀴클롭스[12]를 그릴 수 있음과 같다. 바로 이 원칙에 따라 비극과 희극이 나누어진다. 희극은 사람들을 보통보다 못나게, 비극은 더 잘나게 나타낸다.

제3장 모방의 방식

모방을 구분하는 데는 앞에서 언급한 두 가지 이외에 모방의 대상들을 재현 방식에 따라 구분하는 방법[1]도 있다. 어떤 대상을 모방하기 위해서는 한 가지 수단을 사용하면서 다음 세 방법 중 어느 하나라도 쓸 수 있다. 첫째, 호메로스의 시에서처럼 이야기와 극적 제시를 번갈아 하기, 둘째, 처음부터 끝까지 한 목소리로 이야기하기, 셋째, 행위자들을 전부 극적으로 제시하기 등이다.

그러므로 서두에서 지적한 바와 같이, 모방은 수단 · 대상 · 방식 세 측면에서 구분할 수 있다. 따라서 한 측면에서 보면 소포클레스는 호메로스와 같은 종류의 모방을 한다. 즉 두 작가에게 대상은 다 잘난 사람들이다.[2] 반면 소포클레스와 아리스토파네스[3]는 서로 비슷하다. 둘 다 극적 행동이라는 모방 방식을 취하고 있기 때문이다.

바로 이 이유를 들어 어떤 사람들은 '행위자들(드론타스)'

의 모방이라는 뜻에서 '드라마'라는 용어의 유래를 설명하기 30
도 한다. 이 때문에 도리아 사람들은 비극과 희극 모두 그들의 발명이라고까지 주장한다. 희극의 경우, 여기 본토에 사는 메가리아 사람들은 그것이 그들의 민주 정치 시대에 발명된 것[4]이라고 주장하고 시켈리아에 사는 메가리아 사람들은 아테나이 출신인 키오니데스와 마그네스보다 훨씬 먼저 태어난 시인 에피카르모스[5]가 시켈리아 출신이라고 하여 희극이 그들의 발명품이라고 주장한다. 펠로폰네소스에 사는 일부 도리아 사람들은 희극이 자기네 것이라고 주장하기도 한다. 도리아 사람들은 그 명칭이 증거가 된다고 본다. 그들의 주장에 의하면 '시골'을 가리키는 말이 '코마이'인데 아테나이 사람들은 시골을 '데메스'라고 한다. 그래서 그들은 희극 배우들을 뜻하는 '코모도이'라는 명칭이 '잔치를 벌이다'라는 뜻의 '코마제인'에서 온 것이 아니라 희극 광대들이 볼썽사납다 하여 읍내에서 금지되자 시골 마을 즉 '코마이'들을 찾아다니며 공연했다는 사실에서 온 말이라고 추측하는 것이다. 마찬가지로 도리아 사람들은 행위를 뜻하는 동사가 '드란'인 데 반하여 아테나이 사람들은 '프라테인'이란 말을 1448b
쓴다고 한다.[6]

이상으로 모방의 여러 가지 갈래와 성질에 관해서는 충분히 말했다.

제4장 시의 기원과 발전

일반적으로 시는 사람의 본성에 뿌리박은 두 가지 원인[1]에서 발생한다고 할 수 있다. 첫째, 사람은 어릴 적부터 모방적 행동 성향을 타고난다. 사람은 극히 모방적이며 모방을 통하여 그의 지식의 첫걸음을 내딛는다는 점에서 다른 동물들과 다르다. 둘째, 모든 사람이 모방적 사물에서 즐거움을 얻는다는 것이다.

위의 둘째 원인의 증거는 우리의 실제 경험에서 찾을 수 있다. 우리는 보기만 해도 고통스러운 사물을 아주 자세하게 그린 그림을 바라보면서 즐거움을 느낀다.[2] 예컨대 가장 악독한 짐승이나 송장 같은 것 말이다. 사람은 자기의 이해력을 발휘하는 데에서 큰 즐거움을 느낀다는 사실로써 이를 설명할 수 있다. 이것은 철학자뿐 아니라 모든 사람에게도 공통된다. 이해력이 제한된 경우라 해도 마찬가지이다. 바로 이 이유 때문에 사람들은 사물의 그림이나 조각 따위의 영상을 바라보는 것을 좋아하는데 그런 것을 바라볼 때 그들의 이해력과 추리력을 각 부분들에 — 예를 들면 저것은 누구누구의 모습이라고 알아보는 등 — 적용해보게 되는 까닭이다. 그 모습이 전부터 우리에게 친숙하지 않은 경우라 할지라도 모방의 대상으로서가 아니고 그 처리 기술, 색채, 또는 기타 이유 때문에 즐거움을 얻을 수가 있다.

그러므로 모방의 행위가 우리에게 아주 자연스러운 것이고 아울러 선율과 리듬도 자연스러운 것이니까[3](운율은 리듬의 일종이므로) 초창기에 특별한 능력을 타고난 사람들이 오랜 과정을 거치면서 거듭 즉흥적으로 창작하는 사이에 시가 생겨난 것이다.[4] 20

시는 시인의 성격에 따라 두 형태로 갈라졌다. 보다 엄숙한 시인은 고상한 행위와 고상한 인물을 모방의 대상으로 삼았고, 보다 경박한 시인은 못난 사람들의 행위를 다루어 풍자적 욕설의 시[5]를 지어내는 것으로 시작했다.[6] 반면 엄숙한 시인은 찬송과 찬양의 노래를 지었다.[7] 그런데 우리는 호메로스 시대 이전에 살던 시인이 지은 욕설을 하나도 인용할 수가 없다. 그 옛날에도 그런 시인이 많이 있었을 터이지만 지금까지 전하는 것이 없는 까닭이다. 그런 시의 실제 역사는 호메로스의 『마르기테스』[8] 및 기타 비슷한 작품들과 더불어 시작된다. 30

이런 작품들에 '단장 운율'이 성질상 아주 잘 어울렸다. 바로 이런 까닭으로 예전에 시인들이 '단장 운율'로 서로 욕설을 주고받았다고 하는데 그런 짓을 '이암비제인'이라고 했다. 그래서 오늘날 풍자적 욕설의 시를 '이암보스'라고 부르는 것이다.[9] 옛 시인들 중에서 더러는 '서사시적 6보격 운율'[10]로 지었고 더러는 '단장 운율'로 지었다. 호메로스는 엄숙한 주제를 다룬 최고의 시인인 동시에(그는 그의 시의 높은 품격과 극적 성격에 있어 독보적이었다) 욕설이 아니라 우스꽝스러운 사실을 다룬 극적인 시를 창작함으로써 희극의 형식을 처음으로 보여준 시인이기도 하다.[11] 『마르기테스』와 그후의 희극의 관계는 『일리아스』 및 『오뒤세이아』와 비극들의 관계와 같다. 비극과 희극의 가능성이 감지되자 사람들은 각자 개인적 능력에 따라 둘 중의 하나를 창작하려는 의지를 갖게 되어 그 중 일부는 욕설의 시 대신 희극의 시인이 되었고 다른 일부는 서사시를 버리고 비극을 택했으니 이는 비극의 형식이 서사시의 형식보다 위대했던 까닭이다.[12]

1449a

10

비극은 디튀람보스의 대가들에 의하여, 희극은 아직도 여러 도시에서 관습적으로 상연되곤 하는 '남근 노래' 대가들에 의하여, 즉흥적 창작으로 시작되었다. 현재 비극이 그 자체로서 볼 때, 또한 그 청중과의 관련성에서 볼 때, 그 여러 형태가 충분히 발전된 상태에 이르렀는지 여부는 별도로 논의할 문제이다. 어쨌든 즉흥적 창작에서 시작된 비극은 비극 장르 자체에 내포된 잠재적 가능성들이 발견됨에 따라 점차적으로

향상되었다. 그리하여 여러 변모를 거치는 동안 비극은 그 본질적 완성에 도달하였으므로 그 이상의 진화를 그쳤다.[13)]

처음으로 배우의 수를 한 명에서 두 명으로 늘이고 합창 부분을 줄이고 대사에 주도적 역할을 부여한 사람은 아이스퀼로스[14)]였다. 제3의 배우와 무대 그림은 소포클레스[15)]와 더불어 시작되었다. 범위가 넓어졌다는 것이 또 하나의 변화였다. 미미한 플롯과 해학적 대사가 주류를 이루던 시기가 지난 다음 후기에 이르러서야 비로소 비극은 사튀로스 극[16)]의 형식에서 벗어나 위엄을 띠게 되었으며 '단장 운율'[17)]이 '장단 4보격 운율'을 대치했던 것이다. 애초에 시인들이 4보격을 쓴 이유는 당시의 시가 사튀로스 극과 춤의 분위기를 더 많이 띠고 있었기 때문인데, 드디어 대사가 도입되자 비극 장르의 자연적 성질에 알맞은 운율이 저절로 어울리게 되었던 것이다. '단장 운율'이 모든 운율 중에서 대화체에 가장 가깝다. 우리 스스로 대화 중에 '단장 운율'의 문장을 만들어 넣는 사실을 보아도 이를 알 수 있다. 반면에 일상 언어의 범위를 벗어날 때라면 몰라도 우리는 6보격 운율의 말을 거의 만들어내지 않는다.

뿐만 아니라 에피소드(장면)의 수도 늘어났다. 기타 여러 가지 자질구레한 기술적 장치들이 생겼다고 하는데 그 모든 것에 대한 자세한 설명을 하려면 아주 번거로운 일이 될 것이다.

제5장 희극과 서사시와 비극의 관계

앞서 말했듯이 희극은 보통보다 못난 사람들의 모방이다.[1] 그러나 인간의 온갖 악에 관련되었다는 것은 아니다. 희극적인 것은 '우스꽝스러운 것'의 일종이다. 우스꽝스러운 것은 일종의 결함이며 창피스러운 점이기도 하다. 그러나 고통이나 파괴의 성질을 띠지는 않는다. 명백한 예를 들자면 희극의 탈[2]은 추하고 일그러졌지만 고통을 나타내지는 않는다. 그런데 비극의 여러 발전 단계와 그것을 발전시킨 사람들은 지금 알려져 있지만 희극의 경우는 그렇지 못하다. 본래 희극에 대해서는 진지하게 생각하지 않았던 까닭이다. 아테나이 행정관은 훨씬 뒤에야 희극 합창대를 허락했다.[3] 그전의 연기자들은 모두 자원한 사람들이었다. 기록상 최초의 희극 시인들은 희극 장르가 이미 몇 가지 형식으로 확정되어 있던 시대에 속한다. 우리는 누가 탈을 발명했는지, 누가 '프롤로그'를 도입했는지,[4] 누가 배우의 수를 늘였는지, 기타 등등의

1449b

사실들을 전혀 모른다. 그러나 시적인 플롯 구조의 사용은 본래 시켈리아에서 온 것이고 아테나이 시인들 중에서는 크라테스[5]가 처음으로 단장격 욕설 방식을 버리고 보편적인 이야기와 플롯을 엮어냈다.

서사시는 모방이라는 점과 일상 언어의 운율[6]과 도덕적으로 심각한 주제를 다룬다는 점에서는 비극과 일치하나, 일상 언어의 운율과 이야기라는 방식만을 사용한다는 점에서는 비극과 다르다.[7] 또한 취급 범위에 있어서도 다르다. 비극은 가능한 한 하루 동안의 일[8]로 제한하려고 하는 반면 서사시는 시간 제한이 없다는 점이 두드러진다. 초창기에는 비극 시인들도 서사 시인과 마찬가지로 시간에 있어 자유로웠던 것이 사실이다. 서사시의 모든 부분은 비극에도 공통되지만 비극만이 가지고 있는 특이한 부분들이 있다. 따라서 우수한 비극과 졸렬한 비극의 차이를 아는 사람은 서사시의 우열도 알 수 있다. 서사시의 속성들은 모두 비극에도 속하지만 비극의 모든 속성들이 서사시에 속하는 것은 아니기 때문이다.

10

제6장 비극의 정의, 비극의 여섯 요소

20 6보격 모방의 시(즉 서사시)와 희극은 뒤에 논할 것이다. 이 자리에서는 지금까지의 논의에서 도출된 비극의 본질에 대한 정의를 다루기로 한다.

그러니까 비극은 심각하고[1] 완전하며 일정한 크기가 있는 하나의 행동[2]의 모방으로서 그 여러 부분에 따라 여러 형식으로 아름답게 꾸민 언어로 되어 있고 이야기가 아닌 극적 연기의 방식을 취하며 연민과 두려움[3]을 일으켜서 그런 감정들의 '카타르시스'[4]를 행하는 것이다.

아름답게 꾸민 언어라 함은 리듬과 선율이 있음을 말하고 30 '부분에 따라 여러 형식'이라 함은 어떤 부분은 운율적 언어로, 어떤 부분은 노래로 되어 있음을 뜻한다. 비극적 모방은 배우들의 행동으로 제시되므로 시각적 장면[5]의 장치가 필수적 요소임을 짐작할 수 있고 모방을 제시하는 수단인 서정적 노래와 언어적 표현이 필요함을 짐작할 수 있다. 언어적 표현이라 함은 말의 운율적 구성을 뜻하며 '노래'[6]라 함은 구태여 말하지 않아도 자명하다.

비극은 한 행동의 모방으로서 그 행동을 행하는 사람들이 어떤 이야기를 연출하는 것인데 그들은 각각 반드시 성격과 사고력[7]의 특징을 지니며, 그들의 성격과 사고력을 통해 우리는 그들의 행동의 질을 판단할 수 있다. 사람들이 성공하거나 실패[8]하는 것은 그들의 행동을 통해서이다. 플롯은 바로 행동의 모방[9]이 되는데 여기서 플롯이라 함은 사건들의 조직을 말한다. 성격은 행위자들의 사람됨을 판단하게 해주며 사고력은 그들 특유의 방식으로 어떤 주장을 내세우든가 진술을 펴는 부분에서 드러난다. 1450a

그러니까 하나의 장르로서의 비극이 성립되려면 전체적으로 여섯 가지의 구성 요소가 필요하다. 즉 플롯 · 성격 · 언어표현 · 사고력 · 시각적 장치 · 노래 등 여섯 가지이다.[10] 이들 중 둘은 모방의 수단이고, 하나는 방식이며, 셋은 대상이니, 이들이 비극 전체를 이룬다. 많은 시인이 갖가지 형태의 희곡을 창작하려고 이들 부분들을 이용하였다. 10

이 요소들 중 가장 중요한 것은 사건들의 조직 즉 플롯[11]이다. 왜냐하면 비극은 있는 대로의 사람의 재현이 아니라 행동과 삶의 모방인 까닭이며 행복과 불행은 다같이 행동에 달려 있기 때문이다. 삶의 목적은 일종의 행동이지 어떤 질적인 상태가 아니다. 사람은 자기의 성격에 따라 어떤 성품을 갖는 것이 사실이나 행복을 성취하든가 성취에 실패하는 것은 행동을 통해서인 것이다. 그러므로 극적 행위자들의 기 20 능은 인물들의 성격을 여실하게 드러내는 것이어서는 안 된다. 오히려 행동을 드러내기 위해 성격을 포함시키는 것이다. 그러므로 사건들과 플롯이 바로 비극의 목표이며, 무슨 일에서나 목표야말로 가장 중요한 것이다.[12]

뿐만 아니라 행동이 없는 비극은 있을 수 없지만 성격이 없는 비극은 가능하다.[13] 최근 시인들의 비극이 성격이 없다는 사실이 이를 입증하며 일반적으로 그런 시인이 많이 있다. 화가들 중에 제욱시스와 폴뤼그노토스[14]를 비교해보라. 폴뤼그노토스는 성격을 잘 묘사하지만 제욱시스의 작품은 성격 묘사가 없다. 더욱이 한 시인이 성격을 보여주려고 일련의 대사를 한데 이어놓는다고 해도, 또한 그 언어 표현과 사고력의 질까지도 잘 나타냈다고 해도, 그것만으로 비극의 30 특정 목적을 달성할 수는 없을 것이다. 비록 언어 표현과 사고력 제시에 다소 결함이 있더라도 플롯과 사건의 조직이 되어 있는 희곡이 훨씬 더 바람직한 효과를 낼 것이다.

여기에 더하여 비극의 가장 강력한 정서적 호소력의 수단인 '뒤바뀜'과 '깨달음'은 다름아닌 플롯의 요소들이다.[15] 더욱이 시의 초심자들[16]이 플롯 구성의 정확성을 달성하기에 앞서서 먼저 문체와 성격 묘사의 정확성을 달성할 수 있다는 사실은 시사하는 바가 크다. 실제로 모든 초기 시인들이 그러했다. 그러므로 플롯이 제일의 원칙이며 비극의 영혼이라 고 할 수 있다. 반면에 성격은 두 번째로 중요한 요소이다. 이는 그림의 경우와도 같다. 가장 아름다운 색깔들을 함부로 칠해놓은 것은 색채 없이 선만으로 그린 명확한 형상만큼 즐거움을 줄 수 없다.[17] 비극은 행동의 모방으로서 행동을 모방하기 위해서 그 행위자를 모방하는 것이다.[18]

1450b

세 번째로 중요한 것은 사고력이다.[19] 이는 적합하고 적절한 주장을 펼 수 있는 능력으로서, 정치적 또는 수사적 산문 웅변에 소용되는 것이다. 과거 시인들은 인물들이 정치적으로 발언하도록 만들었는데 현대 시인들은 수사적으로 말을 하게 한다. 성격은 한 인물이 선택하는지 회피하는지가 전혀 분명하지 않은 경우에(그래서 한 인물이 아무것도 선택하지도 피하지도 않는 대사를 말할 때 그 대사는 성격이 없다) 윤리적 선택의 성질을 드러내는 요소이며, 사고력은 인물이 무엇이 문제인지 또는 문제가 아닌지를 보여주는 대사에, 또는 어떤 보편적 명제나 격언을 말하는 대사에 나타난다.

10

네 번째 요소는 문체이다. 앞서 말했듯, 이 말은 낱말들을 선택함으로써 달성되는 언어적 표현을 뜻한다.[20] 이는 운문이든 산문이든 똑같은 힘을 가진다. 나머지 요소들 중 서정적 노래는 아름답게 꾸미는 장식 중 가장 중요한 것이다. 시각적 장치는 감정적 영향은 강력하지만 시인의 기술에서 가장 비본질적인 요소이다.[21] 왜냐하면 비극의 잠재력은 대중

공연과 배우에 의존하지 않을 뿐더러 시각적 효과를 위한 정
20 밀한 작업에는 시인의 기술보다 탈 제작자의 기술이 더 중요
한 까닭이다.

제7장 비극적 플롯의 일반 원칙

비극의 여러 가지를 정의하였으니, 다음 논의는 가장 처음이요 가장 중요한 비극의 요소인 사건들의 조직이 어떤 형태를 취해야 하는지를 다루는 것이다. 우리는 이미 비극이 완전하고 전체적이며 일정한 크기가 있는(아주 작으면서도 완전한 사물도 있으니까) 행동의 모방이라고 정의한 바 있다.

'전체'라 함은 처음 · 중간 · 끝이 있음을 뜻한다.[1] '처음'이라 함은 그전의 어떤 사건과는 필연적 관련이 없지만 자연적으로 다른 어떤 사실이나 사건을 일으킬 수 있는 것을 뜻한다. 이와 반대로 '끝'은 그전의 어떤 사건 다음에 필연에 의해 또는 보편적 법칙에 따라 자연적으로 생기지만 다른 어떤 것이 뒤따르지 않는 것을 뜻한다. '중간'은 앞에 생기는 일과 또한 뒤따르는 일에 인과율적 관련이 있는 것을 뜻한다. 그러므로 잘 고안된 플롯은 임의 지점에서 시작하거나 끝나서는 안 되며 위에서 말한 원칙들을 따라야 한다. 30

뿐만 아니라, 아름다운 사물은 그것이 하나의 생물이든 또는 여러 부분으로 구성된 물건이든 간에 반드시 질서 있는 조직뿐 아니라 적당한 크기[2]여야 한다. 아름다움이란 크기와 질서에 기초하고 있기 때문이다. 하나의 생물은 너무 작든가 너무 커서는 아름답지 못하다. 너무 작으면 그것에 대한 우리의 지각이 순간적이므로 경험이 되지 못하며 너무 크면 그것에 대한 관찰이 단일한 경험이 되지 못하여 통일성과 전체성의 느낌을 줄 수가 없다. 천리나 되는 짐승을 상상해보라. 그러므로 아름다운 몸이나 동물이 어떤 크기가 있으나 한꺼번에 지각될 수 있는 것이라야 하듯, 플롯도 기억 속에 쉽게 담을 수 있는 길이여야 한다.

1451a

여기서 말하는 길이에 대한 기술적 정의는 연극 경연과 관객의 집중력과는 관계가 없다.[3] 만일 100편의 비극이 서로 경쟁하게 된다면 예전 한때 그랬다는 말이 있듯이 물시계로 길이를 제한하는 수밖에 없을 것이다. 길이의 제한은 비극 자체의 성질 때문에 생기는 것인데, 전에는 일관성이 유지되는 한 플롯이 길면 길수록 아름답다는 것이었다. 간단히 정의하자면, 한 비극 작품의 적절한 크기는 불행에서 행복으로, 또는 그 반대의 변화를 가져오는 사건들을 개연적, 또는 필연적으로 연결하는 데 필요한 범위로 제한된다고 할 수 있다.[4]

10

제8장 플롯의 통일성

하나의 플롯은 대다수 사람들이 생각하듯 한 개인을 중심으로 한다고 해서 통일성이 있는 것은 아니다. 한 사물에는 여러 가지 잡다한 성질들이 들어 있을 수 있고 그 중에는 단일한 통일체를 이루지 못하는 것들도 섞여 있듯이, 한 특정 인물이 여러 가지 행동을 하는데 그것들이 하나의 단일한 행동을 이루지 못할 수도 있는 것이다. 그러므로 『헤라클레이이스』나 『테세이이스』[1] 따위를 지은 시인들은 분명 모두 잘못을 저지른 것이다. 그들은 헤라클레스가 한 개인이었기 때문에 그에 관한 플롯은 저절로 통일성이 있다고 믿는다. 다른 점에서도 그렇지만 이 점에 있어서도 호메로스는 그의 섬세한 통찰력을 아주 뚜렷이 보인다. 훈련에 의해 얻은 능력이랄지 또는 타고난 천분이랄지 그는 『오뒤세이아』를 지으면서 주인공에게 일어난 모든 사건을 다 포함시키지 않았다.[2] 예컨대 파르나소스 산에서 오뒤세우스가 부상당한 것,

20

원정군 징집을 피하려고 그가 미친 척한 것 등, 서로 필연적 또는 개연적 연결성[3]이 없는 사건들을 제외했던 것이다.[4] 그는 앞에서 언급한 바와 같은 단일한 행동을 중심으로 하여 『오뒤세이아』를 구성했으며 『일리아스』도 그렇게 했다. 모든
30 모방적 기술에서 모방은 하나의 대상에 대한 모방이다. 마찬가지로 플롯은 하나의 행동에 대한 모방이므로 하나의 전체를 이루는 단일한 행동을 모방한 것이어야 한다. 그 각각의 부분이 서로 긴밀히 짜여져 있어서 그 중 하나라도 자리를 옮기면 전체가 일그러지거나 망가지도록 되어 있어야 한다. 어떤 요소가 들어 있든 없든 전체에 뚜렷한 변화가 생기지 않는다면 그 요소는 전체 중의 부분이 되지 못한다.

제9장 개연적 및 필연적 연결성

이상의 논의로 미루어볼 때 분명한 사실은 시인의 일은 실제로 일어난 사건들을 이야기하는 것이 아니라 일어날 수 있는 일, 개연성이나 필연성의 법칙에 따라 일어나리라 기대할 수 있는 일을 이야기하는 것이다. 시인과 역사가를 구분짓는 **1451b** 것은 운율의 사용 여부가 아니라(헤로도토스[1]의 저작을 운문으로 만들 수 있겠지만 운율이 있으나 없으나 마찬가지로 그것은 여전히 역사책일 것이다) 역사가는 실제로 일어난 사실들을 이야기하고 시인은 일어날 수 있는 일을 이야기한다는 사실에 차이가 있는 것이다.[2]

바로 이 까닭에 시는 역사보다 더 철학적이며 더 심각하다.[3] 시는 보편적인 것을 더 많이 이야기하는 데 반해 역사는 특수한 것을 이야기하기 때문이다. '보편'이라 함은 개연성이나 필연성에 의하여 어떤 종류의 인물이 어떤 종류의 말이나 행동을 함직함을 말한다. 시는 등장 인물들에게 특정한

10 이름들을 붙이면서도 바로 이러한 보편성을 목표로 삼고 있다.[4] 그에 반하여 '특수'라 함은 예컨대 알키비아데스[5]가 실제로 무슨 일을 했고 무슨 일을 겪었는지를 말하는 것이다.

이 점은 희극의 경우 오래전부터 아주 명백하게 드러났다. 희극에서는 개연적인 사건들로 플롯을 구성한 다음에 비로소 인물들에게 일상적인 이름들을 부여한다. 이는 특정 개인들에 대해 풍자적 욕설을 짓는 시인들과는 다른 점이다. 한편 비극에서는 실제 이름들을 고수한다.[6] 그 이유는 사람들은 가능한 것을 믿고자 하는 성향이 있는데 전에 발생한 적이 없는 사건들의 가능성은 믿지 않아도 실제로 있었던 (또는 있었다고 믿는) 사건들은 확실히 가능하다고 보는 까닭이다. 불가능하다면 발생하지 않았을 테니 말이다. 그렇지만 20 한두 명의 친숙한 이름만 쓰고 나머지는 시인이 지어낸 이름들을 붙인 비극들도 있고, 아가톤의 『안테우스』처럼 인물의 이름들을 모두 지어낸 극도 있다.[7] 『안테우스』[8]는 사건과 인물의 이름을 모두 시인이 지은 것이지만 극이 주는 즐거움은 똑같이 크다. 그러므로 비극의 소재를 얻으려고 널리 알려진 전통적 이야기에만 전적으로 매달릴 일이 아니다. 그것은 오히려 불합리하다. 대체로 작가에게 친숙한 소재라 하더라도 소수에게만 친숙한 것이고, 그럼에도 모든 사람에게 즐거움을 줄 수 있는 것이다.

그러므로 앞에서 논의한 대로 시인은 모방 자체에 시인으로서의 자격이 달려 있고 모방의 대상이 행동인 만큼 그는 운문의 제작자이기보다는 플롯의 구성자여야 한다. 그리고 그의 시의 소재에 실제 사건(즉 역사적 사건)이 포함되더라도 여전히 그는 시인이다. 왜냐하면 역사적 사건 중 어떤 것은 (단지 특수하지 않고) 개연성과 일치할 수도 있기 때문이며 그런 역사적 사건들로부터 시인이 시를 만들 수 있는 것은 바로 그러한 역사적 사건에도 개연성의 면이 있을 수 있기 때문이다. 30

단순한 플롯과 행동을 다룬 작품 중에서 가장 나쁜 것은 에피소드 식[9]이다. 여기서 말하는 에피소드 식이란 여러 에피소드들이 개연적이지도 필연적이지도 못하게 연속되는 것을 말한다. 그런 연극은 열등한 시인이 능력이 모자라서 만드는 것이지만, 또한 우수한 시인이 배우들 때문에 만들기도 한다.[10] 배우들이 낭송할 경연 작품을 만드느라고 플롯을 지나치게 늘이는 바람에 극적 연속성을 그르치고 마는 경우가 있는 것이다.

비극적 모방은 하나의 완전한 행동뿐 아니라 두려움과 연민을 일으키는 사건들을 보여주므로 사실들이 기대를 벗어나면서도 서로 필연적인 연관성을 가지고 일어날 때 가장 효과가 크다.[11] 사건들이 그렇게 전개되면 저절로 또는 우연의 결과로 일어나는 것보다 경이감을 불러일으킬 가능성이 훨씬 커진다. 우연한 사건도 무슨 의도가 있는 것처럼 보일 때 1452a

매우 큰 경이감의 충격을 자아낸다. 예컨대 아르고스에서 미튀스의 동상[12]이 그를 살해한 자가 그것을 구경할 때 그의 위에 떨어져 그를 즉사시킨 경우 같은 것이다. 그런 일은 이유 10 없이 생기는 것 같지가 않다. 그러므로 이 원칙을 구현하는 플롯은 더 우수하다고 할 수밖에 없다.

제10장 단순한 플롯과 복합적 플롯

플롯은 단순한 것과 복합적인 것으로 나눌 수 있다. 플롯에 의하여 모방되는 행동은 자연히 단순하지 않으면 복합적인 까닭이다. 단순한 행동이란 앞에서 정의했듯 연속적이고 단일한 행동으로서 변화는 있되 뒤바뀜이나 깨달음이 없는 것이다.[1] 복합적인 행동이란 변화에 깨달음, 또는 뒤바뀜, 또는 둘 다가 포함된 것이다. 뒤바뀜과 깨달음은 플롯의 구조 자체에서 생겨나는 것이라야 한다. 그래서 그 결과는 필연성이나 개연성에 의하여 그에 앞선 사건들에 뒤따르는 것이어야 한다. 앞뒤의 사실들이 서로 원인이 되어 발생하는 것과 20
단순히 연속하여 생기는 것 사이에는 아주 큰 차이가 있다.

제11장 뒤바뀜과 깨달음[1)]

앞에서 말했듯이 '뒤바뀜'은 행동의 방향이 완전히 반대가 되는 것이다. 그러나 다시 강조하지만 개연성이나 필연성이 있어야 한다. 예컨대 소포클레스의 『오이디푸스 왕』에서 어떤 사람이 오이디푸스에게 행복을 가져다주고 그의 어머니에 대한 의구심을 해소시켜주려고 오지만 그는 본의 아니게 오이디푸스의 정체를 밝힘으로써 정반대의 결과를 낳는다. 또한 『륑케우스』에서는 한 사람이 죽을 자리로 끌려가는데 다나오스가 그를 죽이려고 따라간다.[2)] 그러나 우여곡절 끝에 오히려 다나오스가 죽고 죽을 사람이 도리어 살게 된다.

30 '깨달음'이란 문자 그대로 무지에서 지식으로의 변화를 말한다. 그리하여 인물들로 하여금 서로 친밀하거나 적대적인 관계를 갖게 하며 그들의 행복이나 고통에 관련된 변화가 생기게 하는 것이다. 『오이디푸스』에서 보듯 가장 효과적인 깨달음은 뒤바뀜과 직접 결합하여 발생하는 경우이다. 물론 그

와 다른 종류의 깨달음도 있다. 깨달음은 무생물이나 우연한 사물과 관련될 수도 있고 어떤 사람이 실제로 어떤 행위를 저질렀거나 또는 안 저질렀거나 하는 사실을 드러내기도 한다. 그러나 위에서 방금 언급한 형태는 플롯 구성에서 가장 핵심적인 형태다. 그와 같은 깨달음과 뒤바뀜의 결합이야말로 큰 연민이나 두려움을 자아낸다. 우리의 정의에 따르면 비극은 바로 이런 종류의 사건들의 모방인 것이다. 그런 경우에야 비극적 고통 또는 행복이 생기기 때문이다. 그리고 깨달음에는 사람들이 관련되므로 어떤 사람이 신분이 확실한 다른 한 사람을 처음으로 알아보는 경우도 있고 서로 동시에 알아보게 되는 깨달음의 경우도 있다. 예를 들면 오레스테스는 이피게네이아가 보내는 편지 내용을 읽으로써 이피게네이아를 알아보지만 이피게네이아가 그를 알아보기 위해서는 별다른 깨달음의 방법이 필요하다.[3]

1452b

이처럼 뒤바뀜과 깨달음은 플롯 구성의 두 요소이고, 나머지 하나는 '고통'[4]이다. 이미 제시한 뒤바뀜과 깨달음의 정의에 고통의 정의를 더할 수 있다. 고통이란 관객이 볼 수 있는 죽음, 심한 괴로움의 장면, 부상, 기타 그와 비슷한 종류의 파괴적이거나 고통스러운 행위들이다.

10

제12장 비극의 부분들[1]

앞에서는 비극의 성질을 결정하는 부분들을 언급하였고, 이제 비극을 양적으로 구분짓는 부분들을 차례로 나열하자면 도입(프롤로그), 장면(에피소드), 퇴장(엑소도스), 합창(코로스) 등이 있다. 합창 부분은 합창 입장(파로도스)과 합창 노래(스타시몬)로 나눌 수 있는데 이것은 모든 극에 공통된다. 반면 배우들의 노래와 응답(콤모스)은 일부의 극에만
20
있다.

프롤로그는 비극에서 합창대의 입장 앞에 오는 부분 전부를 말한다. 에피소드는 완전한 두 곡의 합창 노래 사이에 있는 부분 전부를 말한다. 엑소도스는 마지막 합창 노래에 뒤따르는 부분 전부를 말한다. 합창 중에서 파로도스는 처음의 합창 전부를 말하고, 스타시몬은 장장단격이나 장단격이 아닌 운율로 되어 있는 합창 노래이다. 콤모스는 합창대와 배우들이 서로 주거니 받거니 하는 탄식이다.[2]

비극의 질적 성격을 결정하는 부분들은 먼저 논의했고 바로 위에서는 수량적 분석에 따른 구분을 말했다.

제13장 플롯의 내용

앞에서 논의한 문제에 뒤이어 이번에는 플롯을 구성할 때 목표로 삼을 것과 피해야 할 것, 그리고 비극적 효과의 근원
30 을 논해야 하겠다. 우선 가장 우수한 비극의 구조는 단순하지 않고 복합적이어야 하며, 뿐만 아니라 두려움과 연민을 일으키는 사건들을 제시하여야 하므로(바로 이 점이 이러한 모방의 특징이다) 무엇보다도 분명한 사실은 첫째로, 선한 사람이 행복에서 불행으로 떨어지는 모습을 보여서는 안 된다. 그런 일은 두려움도, 연민도 일으키지 않고 오직 불쾌감만을 줄 뿐이다. 둘째로, 악한 사람이 불행에서 행복으로 옮겨가는 모양을 보여주어도 안 된다. 그것은 가능한 모든 경우 중에서 비극과 가장 거리가 멀며 따라서 완전히 잘못된 것으로
1453a 감동도, 연민도, 두려움도 일으키지 않는다. 셋째, 극히 악한 사람이 행복에서 불행으로 떨어져서도 안 된다. 그런 플롯은 우리에게 감동을 줄 수는 있으나 연민이나 두려움을 일으키

지 못한다. 왜냐하면 연민은 부당하게 불행을 겪는 사람에게 향하는 것이고 두려움은 우리와 비슷한 사람에 대해 느끼는 감정이다. 그러므로 이 셋째의 경우에는 연민도 두려움도 일어나지 않는다.[1)]

따라서 남은 것은 그런 극단적 인물들의 중간쯤에 위치하는 사람으로서 도덕성과 정의감이 특별히 뛰어난 사람이 아니며,[2)] 악한 기질과 악한 행위 때문이 아니라 어떤 '착오'[3)] 때문에 불행에 빠지는 사람이다. 그런 사람은 오이디푸스, 튀에스테스[4)] 등 유명한 가문 출신의 잘난 사람들처럼 높은 명망과 행복을 누리는 부류에 속한다.

훌륭한 플롯은 단일해야 하고 어떤 사람들이 주장하듯 이중적이어서는 안 되며 불행에서 행복으로가 아니라 정반대로 행복에서 불행으로의 변화가 있어야 하며 그 원인은 악한 본성 때문이 아니라 위에서 언급한 바와 같이 악하기보다는 좋은 편인 사람이 저지른 중대한 착오나 실수여야 한다. 실제로 비극들을 보면 나의 지론이 옳음을 알 수 있다. 초창기에 시인은 이야기를 손에 잡히는 대로 마구 선택했으나 오늘날 가장 우수한 비극들은 몇몇 특정 가문을 중심으로 구성된다. 예를 들자면 알크마에온, 오이디푸스, 오레스테스, 멜레아그로스, 튀에스테스, 텔레포스[5)] 등 큰 고통을 당하거나 무서운 짓을 저지른 사람들을 다루는 것이다.

시 창작 기술의 여러 기준을 가장 잘 충족시켜 비극을 구성하기 위한 플롯의 형식은 위에서 말한 바와 같다. 에우리피데스가 이를 따랐다고 해서, 그리고 그의 여러 극을 불행으로 끝냈다고 해서 비난하는 사람들은 바로 위에서 내가 지적한 잘못을 저지르는 것이다. 그런 종말은 논의한 바와 같이 정당하며 그런 극이 경연 대회 무대에서 효과적으로 연출되기만 하면 가장 비극적인 인상을 준다는 사실은 이를 입증하고도 남는다. 에우리피데스는 구성상 어떤 결함이 있다 하더라도 모든 시인 중 가장 비극적이다.[6)]

30 그 다음으로 좋은 형식은 (이를 가장 좋은 형식이라고 주장하는 이들도 있는데) 『오뒤세이아』처럼 이중적 구조를 가지고 있어서 선한 인물과 악한 인물들이 각각 서로 반대되는 결말에 이르는 것이다.[7)] 이런 형식을 가장 좋다고 하는 것은 일반 관객의 수준이 낮아서 생긴 관점이다. 시인은 관객의 취향에 따라 그들이 원하는 것을 제공하게 된다. 그러나 이것은 비극에서 얻을 합당한 즐거움이 아니라 오히려 희극에서 얻을 만한 즐거움이다. 희극에서는 내용상 오레스테스와 아이기스토스[8)]처럼 철천지원수 사이일지라도 종말에 가서는 서로 친구가 되어 퇴장하고 아무도 죽지 않는다.

제14장 연민과 두려움, 비극적 행동

두려움과 연민의 효과는 무대 위의 시각적 장치[1]에서도 생길 수 있다. 그러나 또한 사건들의 내적 조직 자체에서 생길 수도 있다. 바로 이 점이 더 중요하며 우수한 시인의 일거리이기도 하다. 플롯은 공연을 보지 않고 사건들을 듣기만 해도 그 결말에 이르러 두려움과 연민을 경험할 수 있도록 구성되어야 한다. 이는 『오이디푸스』의 플롯을 듣는 사람이 느낄 수 있을 것이다. 이 효과를 시각적으로 조성하는 일은 시인의 기술에 속하지 않고 물리적 장치의 도움을 필요로 하는 일이다. 두려움의 효과가 아니라 단지 선정적 효과만을 만들어내려고 시각적 장면을 사용하는 사람은 비극의 영역에서 멀리 벗어난다. 비극에서 얻을 즐거움은 어떤 종류라도 다 좋은 것이 아니라 비극에 합당한 즐거움이어야 한다. 시인은 모방에 의해 연민과 두려움으로부터 오는 즐거움을 제공해야 하므로 이 즐거움을 플롯의 사건들 속에서 구현해야 한다.

1453b

10

이제 어떤 사건이 두려움이나 연민의 감정을 자아내는지를 논의하기로 한다. 가능한 것은 다음의 몇 가지뿐이다. 그런 행동은 친척 관계나 친구 관계로 맺어진 사람들[2] 사이에서, 또는 원수들 사이에서, 또는 친구도 원수도 아닌 사이에서 벌어진다. 그런데 원수가 원수에 맞선다면 당하는 자의 실제 고통을 제외하고는 그 행동이나 그 행동에 대한 계획은 연민을 자아낼 수 없으며, 서로 친구도 원수도 아닌 관계도 마찬가지이다. 그러나 혈육 관계에 고통스러운 일이 벌어지면 — 형이 아우를 죽이든가 죽이려고 하든가 그 비슷한 일을 하려고 하든가, 아들이 아버지를 죽이든가, 어머니가 아들을 죽이든가, 아들이 어머니를 죽이든가 하는 경우를 비극 시인은 겨냥해야 한다. 그런데 시인은 오레스테스의 손에 어머니 클뤼타임네스트라가 죽는 것, 알크마에온의 손에 역시 어머니 에리퓔레가 죽는 것 등등의 전통적인 이야기 내용을 바꿀 수는 없다. 그러나 시인은 각자 그런 사건들마저도 좋은 효과를 내도록 다루는 방법을 강구해야 한다.

좋은 효과가 무엇을 뜻하는지 좀더 분명히 말해야겠다. 첫째로 가능한 것은 행위자가 잘 알고 깨닫고 있으면서 그 행위를 저지르는 것이다. 이는 옛 시인들이 사건을 다루던 방식인데 에우리피데스도 메데이아로 하여금 자기 아이들을 죽이게 하는 방식을 썼다.[3] 둘째로는 행위자들이 자기네가 저지르고 있는 무서운 일을 알지 못하고 있다가 나중에야 서로 친척 관계라는 것을 깨닫는 경우가 있을 수 있다. 예컨대 소포클레스의 오이디푸스가 그렇다. 이 작품의 경우에 그 끔찍한 일은 극의 외부에서 발생한다. 그러나 아스튀다마스의 알크마에온[4]과 『부상당한 오뒤세우스』에 나오는 텔레고노스[5]는 끔찍한 일이 극 내부에서 발생하는 예를 보여준다. 또 하나의 가능한 선택은 알지 못하고 돌이킬 수 없는 행위를 저지르려는 찰나에 깨닫게 되는 경우이다. 30

이들이 가능한 방식 전부이다. 행위는 저질러지든가 저질러지지 않든가 둘 중 하나이며, 행위자들은 사실을 알든가 모르든가 둘 중 하나일 수밖에 없다. 이 경우들에서 가장 나쁜 것은 행위자가 모든 사실을 환히 알면서 행동을 하려다가 그만 못하고 마는 경우이다. 이것은 불쾌하며 고통의 요소가 없으므로 비극적이 아니다. 따라서 시인들은 이런 일을 거의 하지 않는다. 『안티고네』에서 크레온을 해치고자 하는 하에몬의 계획은 드문 예 중의 하나다.[6] 이런 경우에 행위를 실제로 저지른다고 해도 극이 크게 나아지지는 못한다. 그보다 더 좋은 방식은 행위자가 몰라서 저지르고는 나중에야 진실을 알게 되는 것이다. 이에는 불쾌한 것이 없으며 그 깨달음은 강력한 효과를 자아낸다. 그러나 가장 좋은 것은 내가 앞에서 마지막으로 언급한 방식이다.[7] 예를 들자면 『크레스폰테스』에서 메로페가 자기 아들을 죽이려다가 아들을 알아보고 그만둔다.[8] 마찬가지로 『타우리 사람들 사이의 이피게네 1454a

이아』에서 누나와 남동생의 경우가 그렇고, 『헬레』에서는 아들이 어머니를 죽을 곳에 넘겨주려는 순간 어머니를 알아본다.[9] 앞에서 말했듯, 이처럼 비극은 몇 몇 가문의 이야기를 중심으로 벌어진다. 이것은 기술에 의한 것이 아니라 여러 이야기에서 이것저것 시도하다가 우연히 그런 효과를 거두게 된 것이다. 그래서 시인들은 그런 고통스런 일들이 생긴 몇몇 집안에 시선을 돌리게 되었던 것이다.[10]

이상으로 사건들의 구조와 플롯의 필요한 성질에 관해서 충분히 논의했다.

제15장 비극적 인물의 성격[1]

인물의 성격 구현은 다음의 네 가지를 목표로 한다.

첫째로 가장 중요한 것은 등장 인물이 도덕적으로 선량해야 한다는 것이다. 앞에서 설명한 바와 같이 말이나 행동이 윤리적 선택의 모습을 보여줄 때 그 인물의 성격이 드러난다. 그 선택이 옳으면 성격도 좋다고 하겠다. 그러나 그것은 그 인물이 어떤 부류에 속해 있는지에 따라 달라질 수 있다. 일반적으로 여자는 남자보다 열등한 부류에 속하고 노예는 아주 못돼먹은 부류에 속하지만 좋은 여자, 좋은 노예가 있을 수도 있다.[2] 20

둘째로 인물들은 적합해야 한다.[3] 한 여자가 용맹스러울 수는 있지만 여자가 남자처럼 용맹스럽든가 지략을 쓰는 것으로 모방하면 적합하지 않다.

셋째로 인물은 실제 인간성과 같아야 한다는 것이다. 이것은 앞에서 말한 인물을 좋고 적합하게 만드는 것과는 별개의 문제다.

넷째로 인물은 일관된 성격을 가져야 한다. 일관성이 없는 사람이 모방의 대상일 경우에도 그의 일관성 없음을 역시 일관되게 나타내야 한다.

성격이 불필요할 정도로 악하게 제시된 인물의 예는 『오레스테스』의 메넬라오스[4]이며, 어울리지 않고 부적합한 성격의 예는 『스퀼라』에 나오는 오뒤세우스[5]나 멜라니페[6]의 말이며, 일관되지 못한 예는 『아울리스의 이피게네이아』[7]이다. 이 극의 앞부분에서 애원하던 여자는 나중 부분의 여자와 전혀 닮지 않았다. 플롯 구성과 마찬가지로 성격 구현에서도 언제나 필연성이나 개연성의 원칙을 추구하여 한 인물의 말이나 행동에 필연적 또는 개연적 이유가 있게 하여야 한다.

사건들의 연결에 있어서도 마찬가지다. 얽힌 이야기 가닥들을 푸는 일도 플롯 자체에서 생겨나야지 『메데이아』나 『일리아스』[8]의 출발 장면에서처럼 초자연적 능력의 개입으로 이루어져서는 안 된다. 초자연적 능력의 개입은 사람이 알 수 없는 과거의 사건이나 앞으로 일어날 미래의 사건 같이 — 신들은 모든 사실을 볼 수 있다고 믿으므로 — 극의 범위 밖에서 생긴 사건에서만 사용되어야 한다. 소포클레스의 『오이디푸스』처럼 비극의 범위 밖에서 일어난 것이라면 몰라도, 플롯의 사건들에 비합리적 요소가 개입되어서는 안 된다.

비극은 우리 자신보다 잘난 사람들의 모방이므로 유능한

초상화가들의 예를 따라야 할 것이다.[9] 그들은 개인의 육체 적 모습을 사실적으로 그리면서도 그 사람의 아름다움을 실제보다 한층 돋보이게 그린다. 마찬가지로 시인은 성을 잘 내든가 게으르든가 또는 그 비슷한 결점이 있는 인물들을 묘사하면서도 그런 특성에도 불구하고 그들의 성격이 훌륭함을 보여야 한다. 한 예를 들자면 호메로스가 아킬레우스를 그의 모진 성격에도 불구하고 도덕적으로 훌륭한 사람으로 제시한 것 같은 것이다. 이러한 점들에 유의하고 나아가 시인은 시의 기술에 반드시 끼어들게 마련인 판단의 오류를 경계해야 한다. 이런 일에 오류를 범할 소지가 많기 때문이다. 그러나 이런 사실들에 대해서는 이미 출판된 내 여러 저서[10]에서 충분히 논의한 바 있다.

10

제16장 깨달음의 수법[1]

앞에서 나는 깨달음의 성질을 설명했다. 여기서는 깨달음
20 의 여러 종류를 설명한다. 첫째로 무슨 징표를 통한 깨달음
이 있는데 이는 기술적으로 가장 열등하고 주로 능력 부족
때문에 사용하는 방법이다. 이런 징표란 "이 땅에 태어난 모
든 인간이 지니는 창 자국"인 몸의 자국이나 카르키노스가
『튀에스테스』에서 사용한 몸에 난 별 모양의 점처럼 선천적
으로 타고난 것[2]이거나 후천적으로 얻은 것 따위이다. 후천
적 징표에는 상처같이 육체적인 것과 목걸이[3]나 『튀로』[4]에서
오래전에 사용한 배와 같은 외부적인 사물이 있을 수 있다.
이런 수단들은 잘 사용될 수도 있고 잘못 사용될 수도 있다.
예를 들면 오뒤세우스는 자기 상처를 통하여 자기가 누구인
지 알리는데 유모와 돼지치기들에게 각각 다른 방식을 사용
한다.[5] 사실 확인을 위해 그런 징표를 사용하거나 또는 그 비
슷한 방식으로 생기는 깨달음은 기술적으로 열등하다. 오뒤

세이아의 발 씻는 장면에서처럼 뒤바뀜과 함께 생기는 깨달음이 훨씬 잘된 것이다. 30

둘째 종류는 시인이 조작한 것으로 자연히 비예술적이다. 하나의 예는 『이피게네이아』에서 오레스테스가 자기가 누구인지를 알리는 것이다.[6] 이피게네이아는 편지를 통해 누구인지 알려지지만 오레스테스는 플롯 자체와는 상관이 없이 작가 자신이 관객에게 알리고자 하는 사실을 말한다. 그 결과는 앞에서 말한 것과 아주 비슷한 결함이 되었다. 물질적 징표를 꺼내 보이는 것과 마찬가지니까 말이다. 또 다른 예는 소포클레스의 『테레우스』에서 베틀의 북이 움직이는 소리이다.[7]

셋째 종류는 기억을 통한 깨달음이다. 무엇을 보거나 들을 때 예전에 경험한 기억이 되살아나는 것이다. 예를 들자면 1455a 디카이오게네스의 『퀴프리오에』에서 등장 인물은 그림을 보자 울음을 터뜨린다.[8] 또는 오뒤세우스가 알키노우스에게 하는 말에서 현금 연주자의 노래를 듣고는 기억이 떠올라 울었다고 하는 예도 있다.[9] 두 경우에서 모두 깨달음이 생겼다.

넷째 종류는 추리 과정을 통해 도달하는 깨달음이다. 예를 들면 『제주를 바치는 여인들』에서 엘렉트라 비슷하게 생긴 사람이 왔는데 그녀 비슷하게 생긴 사람은 오레스테스밖에 없으므로 그 사람은 다름아닌 오레스테스이리라는 추리이다.[10] 또한 소피스트인 폴뤼이도스[11]가 『이피게네이아』에 관하여 그런 예를 보이고 있다. 그는 오레스테스가 자기 누이가 제물이 된 것처럼 자기도 제물이 될 것이라고 바르게 추리했다고 평한다. 테오덱테스의 『튀데우스』[12]에도 예가 나온다. 즉 아들을 찾으러 간 사람이 자기가 죽게 될 것임을 알아 10 낸다. 『피네이다이』[13]의 예에서도, 그들이 그 장소를 보자 자기들이 위험에 빠졌던 데가 바로 그곳이었으므로 거기서 죽을 운명이라는 것을 깨닫는다.

『거짓 소식 전하는 오뒤세우스』[14]처럼 관객의 그릇된 추리에 의존하는 깨달음을 꾸며낼 수도 있다. 이 작품에서 오뒤세우스 혼자만이 활을 굽힐 수 있다고 하는 말은 시인이 꾸며낸 전제이며 마찬가지로 오뒤세우스가 자기가 본 적도 없는 활을 알아볼 수 있다고 하는 말 역시 그렇다. 그런 일을 통하여 그가 누구라는 것을 드러내리라고 추정하는 것은 그럴듯하지만 틀린 추리이다.

가장 잘된 깨달음은 사건들 자체에서 생기는 것이다. 이는 개연적으로 연속되는 여러 행동을 통해 놀라움이 증폭되면서 생기는 경우이다. 소포클레스의 『오이디푸스』와 『이피게네이아』가 그런 예이다. 이피게네이아가 편지를 남에게 맡겨 보내려는 것은 개연성이 넉넉하다.[15] 이런 경우만이 억지로 20 꾸며낸 징표 따위를 피할 수 있다. 그 다음으로 잘된 것은 합리적 추리에서 오는 깨달음이다.

제17장 플롯 구성의 기본 방식[1)]

시인은 플롯을 구성하고 언어로써 세세한 부분들을 꾸미면서 가능한 한 충분히 자기 이야기를 상상해봐야 한다. 이렇게 마치 자기가 사건이 발생하는 곳에 직접 가 있는 듯이 플롯을 최대한으로 생생하게 그려보는 사이에 시인은 자기 목적에 꼭 들어맞는 것을 발견할 수 있고 모순되는 점을 놓칠 가능성이 거의 없게 된다. 이에 대해서는 카르키노스[2)]에 대한 비판에서도 알 수 있다. 암피아라오스는 신전에서 돌아오는 중이었는데 시인은 그 장면을 그려보지 않아서 모순되는 점을 놓쳤던 것이다. 그래서 무대에 올려지자 관객에게 불쾌감을 주어 실패했다. 가능한 한 시인은 창작 과정에서 인물의 몸짓까지 포함하여 자세히 그려보아야 한다. 타고난 재능이 서로 같다고 할 때, 실제로 인물의 감정 속에 들어가 보는 시인이 더 실감나는 효과를 낸다. 그리고 가장 진실한 고민이나 분노의 인상은 그런 감정을 경험하는 사람만이 줄 30

수 있다.[3] 따라서 편집광이 아니라 재능을 타고난 사람이 우수한 시 창작자가 된다.[4] 이 두 부류의 사람 중 전자는 한 가지 감정에 휩쓸려버리나 후자는 자기 감정에 적절히 변화를 줄 수 있다.

이야기가 전부터 있던 것이거나 시인 자신이 창작한 것이거나 간에 시인은 자기 이야기의 전체적 구도를 설정하고 각 장면들을 전개하고 확대해야 한다. 그러한 전체적 구도를 설정한 좋은 예는 『이피게네이아』[5]에서 볼 수 있다. 한 젊은 여자가 제물로 바쳐졌는데 제관들로부터 감쪽같이 사라져버린다. 그녀는 다른 땅에 옮겨지는데 그곳에서 그녀는 전통적으로 이방인을 여신의 제물로 바치는 의식의 여사제가 된다. 세월이 지나서 여사제의 오빠가 그 고장에 온다. 그가 거기 온 것은 어떤 신의 신탁에 따른 것인데 그 사실과 오게 된 이유는 플롯에 포함되지 않는다. 도착 즉시 포로가 되어 제물로 바쳐지려는 순간, 자기가 희생 제물이 되는 것은 자기와 누이동생의 똑같은 운명이라고 개탄함으로써 여사제로 하여금 그가 누구라는 것을 깨닫게 한다. 에우리피데스의 작품이나 폴뤼이도스[6]의 취급이나 이 점에 있어서는 같다. 아주 그럴듯한 깨달음의 방식이다. 그 결과 오레스테스는 구원된다.

다음 단계는 인물들에게 이름을 부여하고 에피소드들을 전개시키는 일이다. 그러나 에피소드들이 전체 구조에 적절히 어울리도록 만들어야 한다. 예컨대 오레스테스가 갑자기

1455b

10

미쳐서 붙잡히게 되는 장면과 정화 의식을 통해 구원을 받는 장면 같은 것이다. 그런데 서사시는 에피소드들로 말미암아 길이가 더해지는 데 반하여 연극은 에피소드가 간결하다. 『오뒤세이아』의 본 줄거리는 짧다. 한 남자가 수년 동안 외지에 나가 있다. 포세이돈에게 박해를 받아 처량한 신세가 된다. 한편 고향집의 형편을 보면 재산이 구혼자들에게 탕진되어가고 아들은 음모의 대상이 되어 있다. 그러나 그 사람 20 은 난파를 이겨내고 다시 고향에 돌아와 몇 사람에게 자기 정체를 알리고 적에 대한 공격을 개시한다. 안전을 되찾고 원수들을 전멸시킨다. 이것이 본 줄거리이고 나머지는 에피소드들로 되어 있다.[7]

제18장 플롯의 얽힘과 풀림, 놀라운 사건, 합창대

모든 비극에는 얽힘과 풀림이 있다.[1] 얽힘은 극의 밖에서 일어난 일들로 이뤄지는데 그중 더러는 극의 안에도 들어 있다. 풀림은 나머지 전부이다. '얽힘'이라 함은 처음부터 행복이나 불행으로의 변화가 생기기 직전까지의 모든 일을 말하며, '풀림'이라 함은 변화의 시작부터 끝까지의 부분을 말한다. 예를 들자면 테오덱테스의 『륑케우스』[2]에서 얽힘은 아기를 붙들어가는 등등의 앞에서 일어나는 모든 일을 포함한다. 풀림은 살인 혐의를 받는 때부터 끝까지이다.

30

1456a

앞에서 비극의 네 부분을 말하였는데 비극의 종류 역시 네 가지가 있다. 첫째, 뒤바뀜과 깨달음을 바탕으로 하고 있는 복합적 비극, 둘째, 아이아스나 익시온에 관한 연극들처럼 고통의 비극,[3] 셋째, 『프티오디테스』와 『펠리우스』처럼 성격의 비극,[4] 넷째, 포르키데스, 프로메테우스와 하데스[5]를 배경으로 하는 온갖 작품들처럼 단순한 비극 등이다.[6]

이상적으로 말하면 시인은 이 모든 요소들을 다 수용하려고 애써야 할 테지만 그럴 수 없다면 그중 가장 좋은 것을, 그리고 가능한 한 여러 가지를 수용해야 한다. 특히 요즈음 시인에 대한 여러 가지 비난과 공격을 생각해서라도 그래야 한다. 지금까지 각 유형에 우수한 시인들이 있었지만 오늘날의 관객은 한 시인이 모든 선배 작가의 특수한 우수성들을 다 능가하기를 요청한다.[7)]

비극들을 주로 플롯 구성 면에서 대조 · 비교하는 것은 옳다. 같은 종류의 얽힘과 풀림을 가진 비극들끼리 비교하는 것이 옳다는 말이다. 얽힘은 잘 짜지만 풀림을 잘 다루지 못하는 시인이 많다. 두 가지 일 모두 정확성이 요구된다. 여러 번 언급한 바와 같이, 시인은 비극을 일종의 서사시, 즉 플롯이 여러 개가 있는 구조로 만들지 않아야 할 것을 잊어서는 안 된다. 그런 실수는 가령 『일리아스』 이야기 전체를 극화한다면 생길 것이다. 에우리피데스처럼 트로야 공략의 부분들을 따로 다루지 못하고 그 전부를 다루든가,[8)] 아이스퀼로스의 모범을 따르지 못하고 니오베 이야기를 다룬 시인들의 작품의 실패 또는 불쾌한 인상에서 이 사실을 알 수 있다.[9)] 바로 이런 결함 하나 때문에 아가톤도 관객을 끌지 못했다.[10)]

뒤바뀜을 포함하는 행동 또는 단순한 행동을 모방하는 경우에 시인들은 놀라운 사건[11)]을 개입시켜 목적을 달성하는 수가 있다. 그렇게 하여 비극적 감정과 동시에 인간적 동정

심을 일으키는 효과를 낸다. 예를 들자면 시시포스[12]처럼 꾀가 많으나 악한 사람을 속여 넘기는 것이든가 용맹스럽되 정의롭지 못한 자를 골탕먹이는 것 등이다. 이런 일은 개연성의 원칙에 부합한다고 할 수 있다. 아가톤에 따르자면 개연성에 어긋나면서도 일어날 개연성이 있는 일도 많은 까닭이다.[13)]

합창대도 배우 중의 하나로 취급되어야 한다. 그들 역시 전체의 구조적인 부분이 되어야 하며 플롯에 능동적으로 참여해야 한다. 에우리피데스보다는 소포클레스처럼 해야 한다. 여타 시인들의 서정적 노래는 다른 작품에 그대로 써도 될 만큼 그 플롯과는 상관이 없다. 아가톤이 극의 장면이 바뀌는 대목에서 노래 끼워 넣기를 시작했는데, 이 때문에 노래 끼워 넣기가 지금은 관행처럼 되었다. 하지만 중간에 엉
30 뚱한 노래를 끼워 넣는 것은 한 작품의 대사 또는 에피소드를 다른 작품에 옮겨 넣는 것과 조금도 다를 바 없다.[14)]

제19장 사고력[1]

다른 요소들은 다 논의하였으므로 이제 언어 표현과 사고력에 대해 말하는 것이 남아 있다. 사고력에 대한 자세한 내용은 나의 『수사학』에 넘기겠다.[2] 본질적으로 수사학의 주제가 되는 까닭이다. 사고력은 말을 통해 나타낼 수 있는 모든 효과를 포함한다. 사고력의 기능으로는 증명, 반박, 연민, 두려움, 분노 등의 감정을 일으키는 것과, 어떤 사실의 중요성 여부를 주장하는 것 등이 있다. 극적 사건들에서도 연민, 두려움, 중요성, 개연성 등의 효과를 내려면 웅변을 할 때와 동일한 방식들을 사용해야 한다는 것이 확실하다. 그러나 약간의 차이가 있다. 극적 행동에서는 그런 효과가 명백한 진술이 없이 발생해야 하는 반면 말로 할 때에는 발언자의 말이 그런 효과를 내게 된다. 만일 말이 없어도 목적한 효과를 분명히 낸다면 발언자는 필요하지 않을 것이다. 1456b

언어적 표현은 문채[3]에 관한 연구에서 다루는 분야이다.

명령, 기도, 이야기, 위협, 질문, 응답 따위에 관한 지식은 웅변의 기술과 재주가 있는 사람에게 속하는 영역이다. 이런
10 사항들에 대한 지식의 유무를 문제삼아 시를 공격해서는 안 된다. 프로타고라스[4]는 "노래하소서, 여신이여, 아킬레우스의 분노를……"이라는 호메로스의 첫 마디가 기도하는 척하지만 실상은 명령하는 것이라고 비판했는데, 그렇게 비판할 이유가 있는가? 그에 의하면 누구에게 무엇을 하라고 하든가 하지 말라고 하는 것은 '명령'이라는 것이다. 이런 논의는 시가 아닌 다른 연구 과제로 넘기기로 하자.

제20장 언어적 표현, 언어의 요소[1)]

일반적으로 언어 표현은 글자 요소, 음절, 연결사, 명사, 동사, 접속사, 굴절, 문장 등의 여덟 범주로 나눌 수 있다. 글자 요소는 더 나눌 수 없는 소리다. 다른 어디에 속하는 것이 아니라 하나의 합성 소리를 저절로 생기게 할 수 있는 요소를 말한다. 짐승의 소리도 나눌 수 없지만 그런 것을 글자 요소라 할 수는 없다. 글자 요소를 분류하면, 모음과 연속음과 폐쇄음이 있다. 모음은 혀의 접촉 없이 나는 소리이고, 연속음은 계속되는 접촉에 의해 생기는 들을 수 있는 소리(ㅅ이나 ㄹ 같은 것)이고, 폐쇄음은 접촉에 의하지만 그 스스로는 소리를 못 내고 다른 요소와 합해야만 나는 소리이다. 예로는 ㄱ이나 ㄷ이다. 이 소리들은 입 모양과 접촉 지점과 대기음의 유무, 길고 짧음, 높낮이와 강약세 즉 올림 강세, 내림 강세, 중간 강세 등이다. 이런 사항들에 대한 세밀한 논의는 운율론에 속한다.

음절은 폐쇄음과 모음을 결합한 것으로 자체로서는 의미가 없으나 확실한 소리다. 예컨대 ㄱ은 ㅏ가 더해짐으로써 비로소 하나의 음절(가)이 된다. 그러나 이런 구분의 연구 역시 운율론에 속한다.

연결사는 여러 소리의 결합으로도 하나의 의미 있는 말을 이루지도, 막지도 못하는 의미 없는 소리이다. 그것은 대개 1457a 한 문장의 끝이나 중간에 오는데 절대로 앞에 쓰이지는 않는다. 또는 자체로서는 의미가 없으나 대개 어떤 사실을 뜻하는 소리들의 결합으로부터 하나의 의미 있는 말을 만들어낸다.

접속사는 자체로서는 의미가 없으면서 한 문장의 처음, 끝, 또는 분절을 표시한다. 또는 한 문장의 여러 지점에 놓일 수 있되 여러 소리들의 결합으로부터 하나의 의미 있는 말을 10 만들지도, 방해하지도 않는다.

명사는 시간성과 무관하며 복합적이고 의미 있는 소리이다. 그 구성 요소 자체들은 의미가 없다. 예를 들면 '테오도로스'라는 이름에서 '도로스'라는 요소는 의미가 없다.

동사는 복합적이고 의미 있는 소리인데, 그 부분들은 명사와 마찬가지로 그들 자체의 의미를 지니지 못하나 시간적 의미를 가지고 있다. 예컨대 '사람'이나 '흰색'은 시간적 의미가 없지만 '걷는다'와 '걸었다'는 현재와 과거라는 시간적 의미가 있다.

20 굴절은 명사나 동사의 상태인데 격의 차이, 수의 차이(단

수와 복수), 말의 전달 방식에 관련된 사항, 즉 "그가 걸었느냐?" "걸어라" 따위는 이런 유형의 동사의 굴절이다.

문장은 복합적으로 의미 있는 소리인데 그중 어떤 부분들은 자체의 의미를 지니고 있다. 예컨대 '클레온이 걸어간다'라는 말에서 '클레온'이라는 이름이 그렇다. 그러나 모든 문장이 다 동사와 명사를 포함하지는 않는다. 문장은 동사가 없을 수 있으나 문장의 일부는 언제나 자체의 의미를 지닌다. 예를 들어 '사람'의 정의 같은 것이다. 한 문장은 단일한 개념을 의미하기 때문에, 또는 여러 요소들을 연결시키기 때문에 통일성이 있다. 예를 들자면 『일리아스』는 후자의 이유로 통일성이 있다. 그러나 '사람'의 정의는 그 단일한 의미 때문에 통일성이 있다. 30

제21장 명사·시어·특히 은유

명사는 단일한 범주(즉 '지구'처럼 의미 있는 여러 요소들로 이루어진 것이 아닌 것)와 이중적 범주로 가를 수 있다. 후자는 의미 있는 요소와 의미 없는 요소들을 포함하는 것과(이는 그 명사 안에서의 그들의 지위와는 상관없다), 단지 의미 있는 요소들만 포함하는 것으로 나눌 수 있다. 여기에 삼중, 사중 등 다음절 낱말들을 첨가할 수 있을 것이다.

1457b 모든 명사는 다음의 범주들로 분류할 수 있을 것이다. 표준어, 외래어, 메타포, 장식, 신조어, 연장된 낱말, 축약된 낱말, 변경된 낱말 등.

표준어라 함은 한 특정 집단의 용법에 나타나는 낱말을 말한다. 외래어란 다른 집단에서 빌려온 말이다. 그러므로 같은 말이 표준어인 동시에 외래어일 수 있다. 그러나 동일한 사용자에게는 표준어인 동시에 외래어일 수는 없다.[1)]

은유[2)]는 한 사실에서 다른 사실로, 즉 유에서 종으로, 종에서 유로, 종에서 종으로, 또는 유추에 의하여 한 낱말을 옮겨서 쓰는 것이다. 유에서 종으로 옮긴 예는 "내 배가 여기서 있다"인데, '정박하다'는 '서다'의 한 종류다. 종에서 유로 옮긴 예는 "만 가지 위업을 오뒤세우스는 이루었도다"이다. '만'이란 숫자는 다수의 한 종류인데 여기서는 '다수' 자체를 가리킨다. 종에서 종으로 옮긴 예는 "동검으로 목숨을 끊었도다"와 "피곤치 않은 동검으로 잘랐도다"에서 '끊다'는 '자르다'라는 뜻이요 '자르다'는 '끊다'는 뜻인데 둘 다 '목숨을 빼앗다'의 하위 개념들이다. 10

유추에 의한 은유는 ㄴ과 ㄱ의 관계가 ㄹ과 ㄷ의 관계와 같은 경우에 시인이 ㄴ 대신에 ㄹ을 사용하는 것이다. 간혹 시인은 은유에다 관련된 다른 어떤 것을 첨가하기도 한다. 예를 들면 술잔과 디오뉘소스의 관계는 방패와 아레스의 관계와 같으므로 시인은 술잔을 '디오뉘소스의 방패'라고 할 수 있다. 다른 예를 들자면, 인생의 노년기는 하루의 저녁과 같으므로 시인은 저녁을 '하루의 노년기'라 할 수 있다. 또는 엠페도클레스처럼 노년기를 '인생의 저녁'이나 '인생의 황혼'이라 부른다. 20

유추 중에는 개념 하나가 없을 수도 있다. 그럼에도 은유는 사용될 수 있다. 예를 들자면 씨앗을 뿌리는 것을 '파종하다'라고 하는데 태양이 빛을 사방에 퍼뜨리는 일은 이름이 없다. 그러나 그것은 씨 뿌리는 일과 비슷한 까닭에 "태양이

30 그의 거룩한 불씨를 파종하도다"라는 시인의 말이 생겨난다. 이런 종류의 은유를 좀 색다르게 쓸 수 있다. 빌려 온 낱말의 여러 속성 중 하나를 부정하고 쓰는 방법이다. 예컨대 '아레스의 술잔'이라고 하는 대신 '그의 술 없는 술잔'이라고 하는 것이다.

신조어[3]는 사회에서 사용되는 일이 없으나 시인 자신이 발명한 말이다. 그런 말이 더러 있는 듯하다. 예컨대 뿔을 '돋은 싹'이라고 하든지, 사제를 '기원자'라고 하는 것 등이다.

1458a 연장된 낱말은 보통보다 모음이 길든가 다른 음절이 첨가된 것이다. 축약된 낱말은 한 요소가 제거된 것이다. 연장된 낱말의 예로는 폴레오스를 폴레에오스로, 펠레이도우를 펠레에이아데오로 길게 한 것이 있고, 축약된 낱말의 예로는 '크리'와 '도'와 "미아 기네타이 암포테론 옵스"에서 '옵스' 같은 것이다.

낱말이 변경되는 경우는 시인이 자기가 묘사하고 있는 사물의 이름 일부를 그대로 사용하면서 다른 부분을 새로 만들어 쓰는 것이다. 예컨대 "덱시테론 카타 마존"이란 구절에서 '덱시온' 대신 '덱시테론'을 쓴 것 같은 경우이다.

명사는 남성 · 여성 · 중성으로 나뉜다. 누(ν), 로(ρ), 시그마(σ), 그리고 시그마와 결합하여 만든 ㅍ 사이(φ)와 ㅋ 사이(ξ)로 끝나는 말은 남성이다. 언제나 긴 모음인 에타(η)와 오
10 메가(ω)로 끝나는 낱말과 연장될 수 있는 모음에 관련하여

연장된 알파(α)로 끝나는 낱말은 여성이다. 그러므로 ㅍ 사이와 ㅋ 사이는 시그마의 하위 분류이므로 남성과 여성의 말끝의 수가 동일하다는 것이 드러난다. 명사는 폐쇄음이나 단모음으로 끝나는 것이 없다. '멜리' '콤미' '페페리' 등 단지 세 개만이 요타(ι)로 끝난다. 그리고 다섯 개는 윕실론(υ)으로 끝난다. 중성 명사는 이들 모음과 '누'와 '시그마'로 끝난다.[4)]

제22장 시적 언어의 기본 원칙

언어 표현의 우수성은 진부하지 않으면서 명확한 데 있다. 최고의 명확성은 표준어의 사용에서 온다. 그러나 그것은 진
20 부하게 될 위험이 있다. 이 예는 클레오폰과 스테넬로스[1]의 시에서 볼 수 있다. 이에 반해 평범함을 피하고 웅장한 인상을 주려면 이는 낯선 말을 사용함으로써 가능하다. 낯선 말이란 외래어, 은유, 연장된 낱말, 기타 표준을 벗어나는 말들을 말한다. 그러나 그런 방식으로만 쓴 글은 결과적으로 하나의 수수께끼가 되든지 무지한 잡탕이 될 것이다. 수수께끼란 사실들을 이야기하면서 거기다 불가능한 것들을 덧붙이는 형식의 말이다. 이런 말은 수수께끼가 아닌 경우에는 가능하지 않다. 예를 들어 "아무개가 어떤 사람에게 청동을 용
30 접하려고 불을 사용하더라"는 따위의 말이다. 외래어 사용의 결과는 잡탕 말이 된다. 그러므로 이런 여러 말을 적당히 뒤섞은 것이 요청된다. 이처럼 외래어, 은유, 장식적 표현, 그

밖에 앞에서 열거한 형식들을 사용하여 평범함과 진부함을 피할 수 있고 동시에 표준적 요소들에 의해 명확성을 유지할 수 있다. 1458b

연장, 축약, 변경에 의한 낱말들의 사용은 평범함을 피하고 명확성을 기하는 데 적지 않은 도움을 준다. 표준과 일상적 용법으로부터 벗어나면 효과를 높이는 반면 그대로 남아 있는 습관적인 요소가 명확성을 확보하는 것이다. 그러므로 이런 종류의 문체를 비판하고 그것을 이유로 시인을 비웃는 사람들은 정당한 근거 없이 흠을 잡는 것이다. 예컨대 에우클레이데스[2]는 시인이 마음대로 낱말을 늘여도 된다면 시 쓰기가 얼마나 쉬워지는지를 보여주려고 말을 일부러 길게 늘여 풍자하는 시를 썼다. 물론 그런 방식을 너무 두드러지게 10 사용하는 것은 불합리하다. 모든 언어 표현에서 중용은 언제나 필요하다. 은유, 외래어, 기타 방법을 부적절하게 쓸 가능성이 있고 또한 고의적으로 희극적 효과를 내려고 쓸 위험도 있는 것이다. 서사시에 일상적인 산문 형태들을 섞어 넣고 보면 그런 말들의 적절한 사용이 문체를 얼마나 돋보이게 하는지를 알 수 있다.

외래어, 은유, 기타 방법에 관한 나의 말이 옳다는 것은 표준어를 바꾸어 넣어보면 곧 알 수 있을 것이다. 예를 들자면, 아이스퀼로스와 에우리피데스는 똑같은 단장격 시행을 단지 한 낱말만 표준어 대신 외래어를 써서 서로 다르게 하였는데

20 앞의 것은 아름다운 데 비해 뒤의 것은 저조하다. 『필록테테스』에서 아이스퀼로스는 "내 발의 살코기를 먹는 암"이라고 썼는데 에우리피데스는 '먹는'을 '포식하는'으로 바꿨다.[3] 비슷한 경우가 "작고 보잘것없고 못난"[4]이란 시행의 평범한 낱말들 대신 "왜소하고 경멸할 만하며 추한"이라고 하든지, 또는 "그 사람 앉으라고 막 만든 걸상과 밥상을 벌여놓고"[5]라는 시행을 바꾸어 "그를 위하여 소박한 의자와 작은 상을 진설하고"라고 하거나, "에이오네스 보오신"[6] 대신 "에이오네

30 스 크라조우신"이라고 한다면 역시 비슷한 효과를 낼 것이다. 뿐만 아니라 아리프라데스[7]는 비극 시인들의 문체를 일상 대화에서 사용하는 사람은 없을 것이라며 조롱했다. 예컨대 "아포 도마톤" 대신 "도마톤 아포"라는 어순, "세텐"이란

1459a 낱말, "에고 데 닌"이란 문구, "아킬레오스 페리" 대신 "아킬레오스 페리"라는 어순, 기타 그 비슷한 표현들이 우습다는 것이었다. 그는 이들 표현이 일상 언어에서 쓰이지 않는 것들이라는 바로 그 이유 때문에 시적 언어에서 높은 효과를 낸다는 사실을 알지 못한 것이다.

합성어와 외래어를 포함하여 앞에서 언급한 여러 형태를 모두 적절하게 사용하는 것이 중요하지만 가장 중요한 것은 은유를 능숙하게 구사하는 일이다. 이것만은 타고난 능력의 표시이며 남에게서 절대로 배울 수 없는 것이다.[8] 성공적인 은유의 사용은 사물들의 유사성을 파악하는 능력에 의존한다.

명사 중에는 이중적인 낱말이 디튀람보스에 특별히 잘 어울리며[9] 외래어는 서사시에, 은유는 단장격 시행에 알맞다. 서사시에는 이들이 모두 유용하지만, 단장격 운문은 일상 언어와 매우 가까운 형식이므로 산문에서도 사용할 수 있는 말들, 즉 사물의 일상적 명칭, 은유, 장식적 표현만이 적절하다. 10

이로써 비극과 행동을 통한 모방에 대한 논의를 끝낸다.[10]

제23장 서사시의 기본 원칙, 호메로스

운문으로 된 이야기 형식의 시적 모방, 즉 서사시는 비극과 마찬가지로 그 플롯이 극적 일관성을 가져야 하며 또한 20 처음 · 중간 · 끝이 있어 통일되고 완전한 행동에 관한 것이어서[1] 살아 있는 생물체[2]처럼 단일하고 온전한 구조 자체로써 그 특유의 즐거움을 줄 수 있어야 함은 자명한 사실이다. 따라서 플롯은 역사를 닮아서는 안 된다. 역사에서는 단일한 행동에 대한 설명이 있을 필요가 없고 어떤 특정한 시대에 한 사람 또는 여러 사람에게 발생한 모든 우연한 사건들의 연속에 대한 서술이 있을 뿐이다. 살라미스의 해전과 시켈리아에서 카르타고 사람들과 벌인 전쟁[3]이 동시에 일어났지만 서로 공통적인 목적에 기여하는 필수 요소들이 아니었던 것처럼, 여러 사건이 서로를 관련시키는 어떤 공통의 목적이 없이 시간상 연이어 일어날 수도 있는 것이다.

그럼에도 불구하고 대부분의 서사 시인들은 그런 틀린 방식을 따른다. 내가 앞에서 말했지만, 바로 이 점에서 호메로스의 천부적 우수성이 돋보이는 것이다. 그는 분명한 시작과 끝이 있는 시를 지으면서도 전쟁 전부를 다 다루려고 하지 않았다. 그런 이야기는 너무 길어서 한번에 하나의 통일체로 파악될 수 없을 뿐더러 크기가 적당하다 하여도 자질구레한 일들이 지나치게 복잡하게 얽힐 것이다. 우리가 주목할 것은 호메로스가 그 전쟁 중에서 통일된 한 부분만을 선택하였고 뿐만 아니라 함선의 목록[4] 같은 많은 에피소드를 사용하여 시를 다양하게 확대하였다는 점이다. 그러나 『퀴프리아』와 『작은 일리아스』[5] 같은 작품들의 작가들은 한 개인이나 한 시대나 여러 부분으로 되어 있는 큰 사실 전부를 모두 다룬다. 그런 까닭에 『일리아스』나 『오뒤세이아』는 각각 한두 비극의 소재만을 제공할 뿐인 데 반하여 『퀴프리아』는 여러 비극의 모체가 되었고 『작은 일리아스』는 『무기 수여』 『필록테테스』 『네오프톨레모스』 『에우뤼퓔로스』 『거지』 『라카니아 여자』 『일리온 공략』 『귀향』 『시논』 『트로야 여인들』 등 열 편의 비극[6]을 낳았다.

30

1459b

제24장 서사시와 비극의 차이

뿐만 아니라 서사시는 비극과 같이 단순한 서사시, 복합적 서사시, 성격 서사시, 고통의 서사시 등의 유형을 가져야 한다. 그리고 서사시는 서정적 노래와 시각적 장치를 제외하고는 비극의 모든 요소들을 공유한다. 서사시 역시 뒤바뀜, 깨달음, 고통의 장면이 필요하다. 또한 우수한 사고력과 언어 표현도 요청된다. 이 모든 것을 호메로스는 최초로, 또한 완벽하게 성취했다. 그의 두 작품은 통일된 플롯을 가지고 있다. 『일리아스』는 단순한 유형의 플롯으로서 고통의 요소를 담고 있으며 『오뒤세이아』는 전편에서 깨달음을 사용하여 복합적 유형의 플롯을 썼으며 성격을 부각시킨다.[1] 더욱이 그는 표현적 언어와 사고력의 표현에서 다른 모든 서사시를 뛰어넘는다.

서사시는 플롯의 길이와 운율에서 비극과 다르다. 길이에 관해서는 이미 충분히 설명한 바 있듯이, 처음과 끝을 하나의 통일체로 파악할 수 있어야 한다. 이 조건에 맞으려면 옛 서사시들보다는 짧아서 앉은자리에서 전부를 들을 수 있는 비극의 길이와 비슷한 구조여야 할 것이다.[2] 그러나 길이를 상당히 늘일 수 있다는 것이 서사시의 특수한 성격이다. 비극은 동시에 일어나는 행동의 여러 부분을 한꺼번에 재현할 수 없고 단지 관련 부분만을 배우들이 무대 위에서 재현할 뿐인데, 서사시는 이야기 방식을 사용하므로 동시에 일어나는 여러 부분을 포함할 수 있어 이들이 적절하기만 하면 작품의 크기를 한껏 늘인다. 이런 점이 장엄함, 흥미의 다양함, 에피소드들의 다양성에 있어 서사시에 비교 우위를 확보해 준다. 다양성이 부족하면 곧 답답한 느낌을 주는 까닭에 그런 비극은 실패하는 것이다. 20 30

6보격 운율은 경험상 서사시에 잘 어울린다는 것이 확인되었다. 서사적 모방 작품을 다른 운율이나 여러 운율의 혼합으로 짓는다면 그 부적절함이 금방 드러날 것이다. 6보격은 가장 엄숙하고 장중한 운율이어서 외래어와 은유를 특히 잘 수용한다. 서사적 모방은 다른 장르들보다 특수한 점이 많기 때문이다. 그에 비하여 단장 3보격이나 장단 4보격은 행동적 느낌을 준다. 4보격은 춤에 알맞고 3보격은 행동에 알맞다. 그런데 이런 운율들의 혼합은, 예컨대 카이레몬[3]의 경우처럼, 더더욱 우스꽝스러울 것이다. 따라서 아무도 6보격 이외의 운율로 긴 서사시를 지은 일이 없다. 앞서 말했듯 1460a

자연 자체가 시인에게 서사시에 어울리는 운율을 선택하게끔 가르치는 것이다.

호메로스의 탄복할 만한 여러 능력 가운데 하나는 서사 시인들 중 유일하게 시인으로서의 지위를 스스로 확실히 깨닫고 있었다는 점이다. 시인 자신은 시 속에서 되도록 말을 삼가야 한다. 자기가 직접 말을 하는 동안에는 모방을 하는 것이 아닌 까닭이다.[4] 그런데 다른 서사 시인들은 계속해서 참견을 하고 모방 자체는 단지 제한적으로 이따금씩 할 뿐이다. 그러나 호메로스는 짧은 서설 다음에는 곧 무대 위에 한 남자, 여자 또는 어떤 인물을 등장시킨다. 그의 인물들은 언제나 완전히 성격이 부여되어 있다.

놀라운 사건은 비극에서도 필요하다. 그러나 놀라움의 주원인이 되는 비이성적인 사건에 더 폭넓은 자유를 허용하는 것은 서사시이다. 서사시에서는 우리가 행위자들을 보지 못하기 때문에 그것이 가능하다. 아킬레우스가 둘러서 있는 여러 사람들에게 꼼짝 말라고 하면서 혼자 헥토르를 추격하는 이야기[5]는 무대에 올려놓고 보면 확실히 우스꽝스러울 테지만 서사시에서는 독자가 이를 눈치채지 못한 채 지나쳐버리고 만다. 놀라운 사건은 즐거움을 준다. 누구든지 무슨 사건을 이야기하면서 듣는 사람에게 재미있게 하려고 무엇을 덧붙이는 것만 보아도 이는 알 수 있는 사실이다.

서사 시인들에게 거짓말을 기술적으로 하는 방법을 가르

친 사람은 누구보다도 호메로스였다. 시적인 거짓말에는 논 20
리적 허위[6]가 개재되어 있다. ㄱ이란 일이 생길 때 그에 따라 ㄴ이란 일이 생긴다고 하자. 사람들은 ㄴ이 일어날 때마다 ㄱ도 생겼을 것이라고 생각한다. 이는 틀린 추리인 것이다. ㄱ이 실제로는 허위인 경우라도 일단 그것을 진실이라고 가정한다면, ㄱ에서 ㄴ이 생긴다고 할 수 있을 것이다. 시인은 바로 이 생길 수 있는 ㄴ을 ㄱ에 연결시키도록 만들어야 한다. 우리 정신은 그 연결된 ㄴ이 진실이라면 그 앞의 ㄱ도 진실이라고 그릇되게 추리하는 것이다. 『오뒤세이아』의 발 씻는 장면에서 그 실례를 볼 수 있다.

불가능하지만 그럴듯하게 여길 수 있는 사건이, 가능하지만 도저히 그럴듯하게 여길 수 없는 사건보다 낫다.[7] 플롯은 불합리한 부분들로 구성되어서는 안 된다. 가능한 한 불합리한 요소는 없어야 한다. 또는 오이디푸스가 부친 라이오스의 사망 경위를 모르는 것처럼, 극의 내부보다 플롯 구조 밖에 30
서 일어나는 것이어야 한다.[8] 『엘렉트라』에서 퓌토스 경기[9]에 관한 보고나 『뮈시아 사람들』에서 말없는 인물이 테게아로부터 뮈시아에 도착하는 것[10]은 극의 내부에서 일어나는 것으로 되어 있어 문제가 된다. 그렇게 하지 않으면 플롯 구성이 아주 엉망이 될 것이라는 주장은 우스꽝스런 변명이다. 그런 플롯은 애초부터 피했어야 옳다. 하지만 불합리한 것도 어떤 때는 꽤 합리적으로 처리될 수 있다. 하지만 못난 시인이 다룬다면 불합리한 것이 명백히 드러날 것이다. 『오뒤세이아』에서 상륙 장면의 불합리성은 정말 참을 수 없었을 것이다.[11] 그러나 우리가 볼 수 있듯이 호메로스는 그 불합리성을 위장하기 위해 다른 장점들을 살려 그 장면을 즐길 수 있게 만들었다.

1460b

언어 표현은 행동이 정지 상태에 있든가 성격 묘사나 사고력의 제시가 없는 부분에서는 강렬하게 쓰여야 한다. 반대로 지나치게 화려한 언어 표현은 성격과 사고력을 가릴 수 있다.[12]

제25장 서사시에 관한 문제들과 그 해결[1]

서사시에 관련된 문제들과 그 해결 방법, 그런 문제의 유형과 그 숫자에 관해서는 다음 사항들의 논의를 통하여 명확한 개념을 얻어낼 수 있다. 시인은 화가나 기타 조형 기술자들과 마찬가지로 모방 기술자이므로 어떤 경우에서든지 다음의 셋 중 하나를 묘사하기 위해 그의 기술을 사용해야 한다. 첫째, 실제로 있는, 또는 있었던 일. 둘째, 사람들이 사실이라고 말하든가 생각하는 일. 셋째, 필연적으로 있어야 하는 일 등이다.[2] 시인은 이런 소재를 표준어, 외래어, 은유, 기타 여러 특별한 요소들을 가진 언어로써 제시한다. 이것들은 시인에게 허락된 사항들이다. 10

뿐만 아니라, 시에 대한 시비의 기준은 정치학 등의 학술이나 기술의 기준들과 같지 않다.[3] 시에는 두 종류의 잘못이 있을 수 있다. 하나는 본질적 잘못이고 다른 하나는 우연한 잘못이다. 시인이 묘사하려고 한 것을 이루지 못한다면 그 잘못은 그의 기술의 본질적 잘못이다. 그러나 시인이 애초에 잘못된 것, 예컨대 오른편 두 다리를 동시에 앞으로 내미는 말을 묘사하려 하거나 의학이나 기타 분야에 관해 기술적 실
20 수를 범했다면 그것은 본질적 잘못이 아니다. 그러므로 이러한 구분 원칙에 기초하여 시에 대해 제기된 문제와 비판에 대응하고 해결할 방법을 찾아야 한다.

첫째로 시적 기술 자체에 관한 본질적 문제를 다루기로 한다. 시인이 불가능한 것들을 제시했다고 하자. 그 경우 그가 오류를 범한 것은 사실이다. 그러나 앞에서 말한 것처럼 시인이 시적 기술의 목표[4]를 달성했다고 하면 이는 시적 기준들을 만족시킨 것이 될 것이다. 다시 말하면 그가 작품의 어떤 부분에서 그런 방식으로 정서적 효과를 증폭시켰다면 목표를 달성한 것이 된다. 헥토르 추격[5]이 그 한 예가 된다. 그러나 그 목표가 기술적 오류 없이 비슷하게 또는 더 잘 달성될 수 있다고 하면 그 오류는 용납될 수 없다. 시는 가능한
30 한 오류가 없어야 하기 때문이다. 그 오류가 시적 기술에 관련된 것인지 또는 그렇지 않은 것인지를 따져야 한다. 화가가 무식의 소치로 뿔이 달린 암사슴[6]을 그렸다면 이는 모방의 실패보다는 덜 심각한 오류이다.

다음으로, 어떤 모방이 사실에 어긋난다는 이유로 비판을 받는다면, 그것은 그 사실을 응당 그러해야 할 대로 묘사한 것[7]이라고 답변할 수가 있다. 에우리피데스의 인물들은 일상

적 현실을 반영하는 데 반하여, 소포클레스는 자기 인물들을 당위성에 따라, 즉 있어야 할 모습대로 그렸다고 했다.[8] 위의 두 가지에 속하지 않는 경우[9]라면 사람들이 보통 하는 말에 따른 것이라고 답변할 수 있다.[10] 가령 신들에 관한 이야기를 그렇게 변명할 수 있다. 그런 말은 윤리도 진실도 만족시키지 못할 테지만, 그래서 크세노파네스[11]의 비판도 옳지만, 어쨌든 사람들이 하는 소리가 그렇다고 변명할 수가 있는 것이다. 1461a

또 다른 가능한 변호 방법은 어떤 일이 지금 보기에는 불완전할지 모르나 예전 한때의 상황을 재현한 것이라고 답변하는 것이다. 무기에 관한 예를 들어보자. "그들의 창의 끝을 바닥에 곧추세우고 있었다."[12] 이게 당시의 관행이었다. 아직도 일뤼리아 사람들[13]은 그렇게 하고 있다. 어떤 인물의 언행이 도덕적인지 또는 부도덕한지를 물을 때에는 그 언행이 좋은지 나쁜지를 따지려고만 해서는 안 되고 행위자나 말하는 사람이 누구인지, 상대하는 사람이 어떤 사람인지, 그 경위가 무엇인지, 행위의 수단과 목적이 무엇인지, 다시 말하면 목적이 더 좋은 일을 하기 위한 것인지 또는 더 심한 악을 막으려는 것인지를 알아보아야 한다.[14]

언어 표현을 참작함으로써 해결할 수 있는 문제들도 있다.[15] 예를 들자면 "먼저 노새들을 (때려눕혔다)"와 같은 문구에 나타난 낯선 말의 사용을 이유로 들 수 있다. 여기서 '오우레아스'는 '노새'를 뜻하지 않고 '보초'를 뜻할지 모르 10

므로 약간 어려울 수 있다. "안 좋은 꼴을 한 나"라는 돌론의 말 역시 그 비슷한 어려움을 내포하고 있다. 그는 자기 몸이 불구라는 것이 아니라 잘생기지 못했다고 하는 말이다. 왜냐하면 크레타 사람들은 '에우에이데스(맵시 있다)'란 말을 얼굴이 잘생겼다는 뜻으로 쓰기 때문이다. "술을 세게 타다"라는 문구가 좀 어려울 수 있겠다. 이 구절은 술꾼들이 좋아하는 더 독한 술을 뜻하지 않고 더 빠르게 탄다는 뜻이다. 어떤 내용은 은유로 표현되기도 한다. 예컨대 호메로스는 "아가멤논이 트로야 벌판 쪽으로 건너다 볼 때마다 대금과 피리 소리가 들려오는데"라고 쓰면서 같은 줄에서 "모든 신과 인간이 밤새 내내 잤다"고 썼다. 여기서 '모든'은 '많은'의 은유이다. '모두'는 '많음'의 한 종류인 까닭이다. "북극성 혼자만 20 바닷물에 몸 담그기에 참여하지 않았다"는 구절도 비슷한 은유의 사용이다. "가장 잘 알려진 자"는 '혼자'인 까닭이다.[16)]

소리의 강세[17)]를 사용할 경우 문제가 생길 수 있다. 타소스 사람 히피아스는 그런 문제를 "디도멘 데 오이"라는 문구로, 또한 "토 멘 호이 카타퓌테타아 옴브로"라는 문구로 해결했다. 구두점을 통해 해결되는 문제도 있다. 예를 들면 엠페도클레스의 문장에서 "갑자기 영원불멸하는 법을 알던 것들이 죽을 것들이 되었고 과거에 순수하던 것들이 혼합적인 것으로 되었다"[18)]가 되도록 읽을 수 있다. 뜻이 모호함을 참조하여 해결할 문제들도 있다. 예컨대 "밤의 삼분의 이 이상이

지나갔다"는 문장에서 '이상'이라는 말은 모호하다. 어떤 문제는 우리말의 관습적 용법을 참작하여 풀 수 있다. 그래서 우리는 물과 술을 혼합한 액체를 그냥 '술'이라고 하는데 마찬가지로 시인은 "새로 만든 주석 다리 갑옷"[19]이라 써도 되는 것이다. 철물 장인을 '칼케아스'라고 하는데 문자 자체로는 '구리 장인'이라는 뜻이다. 바로 이런 이유로 가뉘메데스는 제우스의 "술 따르는 사람"[20]이라 불리는데 실상 신들은 술을 마시지 않는다. 이것 역시 은유를 이유로 정당화될 수 30 있다.

한 낱말이 모순을 내포하고 있을 경우 그 글의 문맥에서 얼마나 많은 뜻이 가능한지를 생각해봐야 한다. 예를 들면 "거기 청동 창이 멈추어졌다"는 구절에서 '멈추어졌다'는 말이 얼마나 많은 뜻을 가질 수 있는지, 그 낱말을 가장 잘 이해할 수 있는 뜻이 이것인지 저것인지 생각해보아야 한다. 이 해석 과정은 글라우콘[21]이 말하는 것과는 정반대이다. 그에 의하면 어떤 사람들은 불합리한 전제를 먼저 깔고 그것을 1461b 발판으로 하여 주장을 편다. 그러다가 자기들의 전제에 모순이 내포된 것이 발견되면 그 전제를 제시한 것이 시인자신이기나 한 듯이 시인을 비난한다는 것이다. 이런 일이 이카리오스[22]의 경우에 발생했다. 사람들은 그가 라코니아 사람이라고 전제했다. 그래서 텔레마코스가 스파르타에 갔을 때 그를 만나지 않았다는 것은 불합리하다고 비판한다. 그러나 아마도 케팔레니아 사람들의 설이 옳을 것이다. 이들의 주장에 따르면 오뒤세우스가 자기네 출신 여자와 결혼했고 그 아버지는 이카리오스가 아니라 이카디오스였다는 것이다. 이 문제는 오해에 기인했을 가능성이 높다.

일반적으로 불가능하다는 비판의 경우는 시 자체의 필요조건들 때문이라든가, 또는 그것이 실제보다 더 훌륭하다든가, 또는 사람들의 통념이 그러하다든가 등등을 지적하여 답변할 수 있다. 시의 필요 조건들을 생각할 때 우리는 그럴듯하지 못한 가능보다 그럴 듯한 불가능을 선호하게 된다.[23] 아마도 제욱시스[24]가 그린 것 같은 인물들은 실존할 수가 없을 것이다. 그러나 그 그림들은 실제의 어떤 사람보다도 훌륭한 형상을 보여준다. 화가가 그린 형상은 그 실물보다 훌륭해야 한다. 불합리한 내용에 대해서는 사람들의 통상적 이야기나 통념이 그러하다고 하면 된다. 또는 그것이 실제로는 불합리하지 않다는 것을 입증해야 한다. 합리성에 어긋나는 일도 일어날 수 있다는 사실 역시 합리적인 까닭이다.[25]

논리적 모순에 대해서는 반론의 원칙에 따라, 그것이 동일한 사물에 대해 말하는 것인지, 또는 동일한 사물에 관련된 것인지, 또는 동일한 사물을 뜻하는지를 따져야 한다.[26] 그렇게 하고 나서 시인이 실제로 모순을 범하고 있는지 또는 대체로 합리적인 사람이 사실이라고 믿는 것에 어긋나는 말을 하는지를 판단해야 한다. 그러나 에우리피데스의 아이게우스[27] 경우처럼 불합리성을 이용하든지, 『오레스테스』에서 메넬라오스 경우처럼 비열함을 이용하는 것이 아니라 극적으로 필요하지 않은 불합리성과 도덕적 비열함을 제시한다면 비난받아 마땅하다.

시인들에 대한 비난은 다음의 다섯 종류, 즉 불가능, 불합리, 도덕적으로 해로운 요소, 모순, 시 창작 기술의 올바른 기준에 반하는 것 등으로 구분된다.[28] 이러한 비판에 대한 답은 위에서 논의한 12항목들에서 얻어야 한다.[29] 20

제26장 서사시와 비극의 마지막 비교

서사적 모방이 더 우수한지 비극적 모방이 더 우수한지는 문제가 될 만하다. 대중성이 적은 것이 우수하며 더 고급의 청중을 상대하는 것이 대중성이 적다고 한다면 전적으로 연기로만 구성되는 예술이 대중적이라는 것은 논란의 여지가
30 없다.[1] 비극에서 배우들은 동작을 과장하지 않으면 관객이 내용을 이해하지 못한다고 전제하고 굉장한 소동을 부린다. 마치 삼류 피리쟁이[2]들이 원반 던지기를 흉내내면서 무대 위에서 비틀거리며 뒹군다든지, 『스퀼라』[3]를 연주하면서 합창대 대장을 끌어당긴다든지 하는 것과 같다. 그런데 비극은 바로 그런 천박한 놀이들 중의 하나라는 것이다. 이것은 선대의 배우들이 자기네 후배들에 대해 가졌던 편견과 비슷하다. 뮌니스코스는 칼립피데스를 과장이 심하다 하여 '원숭이'
1462a 라 불렀는데 핀다로스 역시 같은 생각을 했다.[4] 비극과 서사시의 관계는 그런 배우들과 그 선배들의 관계와 같다. 그래서

사람들 말이, 서사시는 몸짓이 필요 없는 고상한 청중을 위한 것이고, 비극은 대중적 관객을 위한 것이라고 한다. 그러므로 비극은 대중적인 만큼 그 열등함이 자명하다는 것이다.

그러나 첫째로, 이 비난은 시에 대한 것이 아니라 연기에 대한 것이다.[5] 서사시의 낭송[6]에서도 역시 소시스트라토스처럼, 또는 노래 경연 대회에서 오푸스 사람 므나시테오스[7]가 그랬듯 과장된 몸짓을 사용할 수 있으니 말이다. 둘째로, 모든 동작을 배격해야 하는 것은 아니다. 그것은 춤도 다 없애야 한다는 말이 된다. 단지 저열한 부류를 제외해야 한다. 전에 칼립피데스와 요즘 사람들이 천한 여자 흉내[8]를 내어 비난받은 것 같은 것들 말이다. 뿐만 아니라 비극은 서사시와 마찬가지로 연기하지 않고서도 그 목적을 달성한다. 비극의 질은 읽기만 해도 분명하다. 그러므로 비극이 다른 여러 면에서 우수하다고 하면 그것의 유일한 결함(그릇된 연기)을 반드시 첨가해야 할 필요는 없다.[9]

10

다음으로 비극은 서사시의 모든 속성을 가지고 있고 그 운율까지도 사용할 수 있으며 거기에 더하여 음악과 시각적 장면까지도 가지고 있어 대단한 즐거움을 자아내므로, 읽거나 공연하거나 간에 가장 생생한 효과를 낼 수가 있다. 더욱이 비극은 그 모방의 목적을 더 짧은 시간적 범위 안에서 달성하므로 더 우수하다. 서사시에 비하여 훨씬 압축된 형식이므로 긴 시간에 걸쳐 희석된 내용보다 더 큰 즐거움을 준다. 가

1462b

령 소포클레스의 『오이디푸스』를 『일리아스』만큼 많은 시행
으로 바꾸어놓았다고 가정해보라. 뿐만 아니라 서사적 모방
은 비극보다 통일성이 모자란다. 그 증거의 하나로, 한 편의
서사시에서 여러 편의 비극을 만들어낼 수 있다. 그래서 서
사 시인이 하나의 단일한 플롯만을 구성하면 그 짧은 길이
때문에 이야기가 완전히 전개되지 못한 듯이 보이든가 또는
통상적인 서사시의 길이를 다 지키다 보면 괜히 길게 늘여놓
은 것 같은 인상을 주기 십상이다. 내가 지적하고자 하는 것
은, 예컨대 『일리아스』와 『오뒤세이아』처럼 여러 부분이 있
는 긴 시의 경우, 각 부분을 다시 길게 늘여 상당한 분량을
가진 본격적 서사시를 만들면 물 탄 것 같이 길기만 한 물건
이 될 것이라는 말이다. 그러나 물론 호메로스의 작품들은
10 가능한 최고로 잘 짜인 것들이며 단일한 행동의 모방에 가장
근접한다.[10]

그러므로 비극이 이 모든 면에서 우수하고 나아가 그 예술
적 효과에 있어서도 우수하다면(비극과 서사시는 단순한 보통
즐거움이 아니라 앞에서 규정한 특별한 즐거움을 주어야 한
다)[11] 시의 목적을 달성하는 데 있어 비극이 서사시보다 뛰어
나다는 것은 확실하다.

이상으로써 비극 및 서사시 일반, 그 종류와 구성 요소들
의 수와 변형, 그 성공 또는 실패의 이유, 시에 대한 반대론
과 그 답변에 관한 나의 논의를 마친다.

■ 옮긴이 주

제1장

* 『시학』의 원제는 『페리 포이에티케스Peri Poietikes』인데 이는 '시 창작의 기술에 대하여'라는 뜻이다. 창작 기술보다는 시, 특히 희곡과 서사시 일반에 대한 논의이지만, 당시에는 수사법 같은 책이 많이 씌이던 때라 아리스토텔레스도 시 자체에 대한 논의에 시 창작법이라는 명칭을 붙였다고 생각되며 그는 '기술,' 다시 말하면 특정한 '지식'의 대상으로서의 시에 주목할 것을 강조하였다. 그는 시가 이성적 기술의 산물임을 밝히려 한다. 『시학』은 낭만주의 이후에 우리가 자주 보는 시의 예찬 같은 글이 아닌 철학적 · 분석적 · 조직적 논의이다.

1) 학술적 논저인 만큼 장을 나누고 있는데 각 장의 제목은 없다. 독자의 편의를 위하여 엘지 또는 류커스가 붙인 제목을 옮겨 적는다.

2) 이 번역에서 헬라어 테크네 techne를 '기술'로 옮긴다. 로마인들은 이를 아르스ars로 옮겼고, 유럽인들은 이를 아트art로 옮겨 쓰고 있는데, 동양의 우리는 이를 다시 '예술'로 옮겼다. 우리는 '예술'을 실생활을 멀리 떠나 영감에 의존하는 천재들의 신비로운 능력 발휘로 생각하는 버릇이 있다. '테크네'가 오늘의 기술을 뜻하는 '테크놀로지 technology'

의 어원이 된 사실만 보더라도 이 말은 그런 낭만적이고 초월적인 능력이 아니라 배울 수 있고 훈련에 의하여 세련될 수 있는 '기술' 중의 하나였던 것이다. 그것이 '기술'이 아니었다면 아리스토텔레스가 논의의 대상으로 삼을 필요도 없었을 것이다. 유럽에서도 'art'가 신비로운 능력을 뜻하는 말로 이해되기 시작한 것은 19세기 낭만주의 발흥 이후이다. 그렇게 변질된 개념을 우리가 받아들였던 것이다.

3) 책의 여백에 붙인 1447a7 따위의 숫자는 독일 학자 이마누엘 베커 Immanuel Bekker가 1830년에 아리스토텔레스의 저작 전집을 내면서 붙인 쪽수, 단, 행을 나타낸다. 서두에 나오는 1447a10은 그 전집에서 1447쪽의 a단 제10행을 뜻한다. 그 전집은 방대하여 한 쪽을 두 개의 칼럼(왼쪽 칼럼은 a, 오른쪽 칼럼은 b로 표시)으로 나누어 인쇄하여 수천 쪽에 이른다. 『시학』은 이 전집에서 1447a쪽부터 1462b쪽까지를 차지한다(이 번역본에서는 번거로움을 피하기 위하여 10, 20 등 10단위로 행수를 표시한다). 다른 나라 말로 번역할 때에도 이 쪽수와 행수 표시는 변하지 않는다. 『시학』 자체의 논의에서는 앞의 두 숫자 14를 빼고 45a10, 52b3 따위로 생략하여 쓰는 것이 관행으로 되어 있다.

4) 플롯plot이란 영어 낱말은 17세기에 헬라어 뮈토스mythos를 옮긴 말인데 이제는 세계적으로 쓰이는 용어가 되었다. 처음에 영국인들은 뮈토스를 '페이블fable'로 옮겨 한참 썼지만 차차 '플롯'을 선호하게 되었다. 뮈토스는 본래 '이야기' 또는 '이야기 줄거리'란 뜻이다. 이 말에서 미스myth 즉 '신화'란 말이 나왔다. 아리스토텔레스가 뮈토스를 오늘의 플롯 개념으로 굳혔다고 할 수 있다. 노스롭 프라이 Northrop Frye는 그의 명저 『비평의 해부』에서 이 '뮈토스'라는 용어를 '원형적 이야기'라는 뜻으로 다시 썼다.

5) 관념적 의미의 '시'를 헬라어로 포이에시스poiesis라고 하는데 이는 본

래 만들기 making를 뜻한다. 이 말은 '만들다'를 뜻하는 동사 포이에인 poiein에서 왔다고 한다. 헬라 사람들은 시는 제작하는 것, 공들여 만드는 것으로 인식했던 모양이다. 그러나 이 말에는 나중 르네상스 시대에 영국인들이 주장했듯 '창조하다 create'란 뜻은 없었다. 창조의 개념은 기독교적 개념이다.

6) 디튀람보스 dithyrambos는 술의 신인 디오뉘소스 Dionysos(로마 신화의 바쿠스 Bacchus) 축제의 합창 노래였다. 본래 이야기를 내용으로 하는 서정적인 노래였는데 아리스토텔레스 당시에는 노래 부르는 사람들이 연극적 몸짓을 곁들이곤 했다. 합창 노래가 아닌 본격 서정시(여성 시인 사포 Sappho의 작품 같은 것)는 거의 사라진 터였다.

7) 여기서 말하는 피리는 우리나라의 피리처럼 한 끝을 입에 물고 부는 악기로 합창의 반주에 쓰였다. 현금은 지금의 기타처럼 손에 들고 현을 퉁겨 연주하는 악기로 주로 독창의 반주 악기로 쓰였다. 두 악기 모두 연극에 사용되었다. 이들이 노래 없이 독주에만 쓰인 적은 별로 없다고 한다.

8) '모방'은 'mimesis'를 옮긴 말로는 아주 적절하지는 않다. 로마인들은 이를 'imitatio'(현대 불어와 영어에서 'imitation')로 옮겼고 이후 동양에서 이를 '모방'으로 옮겨 쓰고 있다. 'imitation'이란 말에는 '가짜' '모조품' 따위의 의미가 비교적 강한데 'mimesis' 자체는 그런 뜻이 훨씬 적다. 그래서 학자에 따라 'mimesis'라는 말을 그대로 사용하기도 하며 'representation'으로 옮기기도 한다. 'mimesis'는 시 · 그림 · 조각은 물론이고 음악과 춤을 포함하는데, 오늘날의 우리로서는 실제의 몸짓을 흉내내든가 새소리 따위의 실제 소리를 흉내내는 다소 저급한 춤이나 음악 이외에 본격적인 춤과 음악을 '모방'에 넣어 생각하기가 쉽지 않다. 가장 뚜렷한 모방은 연극과 그림일 것이다. 플라톤과 아리스토텔레

스도 가장 단순한 모방의 형태로 그림(플라톤의 '침대' 그림, 아리스토텔레스의 '뿔 달린 암사슴' 그림)을 예로 들곤 했다. 여기서 중요한 것은 피리, 현금, 목동 피리(팬플루트 같은 보다 소박한 악기) 등 연주 악기의 음악이 춤과 함께 사람의 성격 · 감정 · 행동을 '모방'한다고 보는 관점이다. 오늘의 우리는 '표현'한다고 해야 이해가 된다. 그만큼 아리스토텔레스의 관념이 포괄적이고 또한 우리의 관점이 달라져 있다고 할 수 있으며 또한 고대 헬라의 춤과 음악의 성격을 잘 모른다고 할 수 있다. 오늘날의 '표현'까지도 포함하는 개념으로서의 '모방'의 의미를 생각해야 한다.

9) 리듬 · 말 · 선율: 비극, 희극, 디튀람보스, 피리, 현금 음악 따위의 '소리'를 사용하는 모방 기술의 수단들이다. 여기서 리듬과 선율(어떤 번역에서는 '화음'으로 되어 있다)은 시보다는 음악적 기술에 속하는 수단들이다. 그러나 아리스토텔레스는 시와 음악을 모두 '소리'를 사용하는 기술로 한데 넣어서 생각한다. 특히 서정시는 대체로 선율과 함께 노래로 불려졌으므로 음악의 성격이 아주 강했다. 당시에는 읽기 위한 서정시는 없었다고 보는 것이 옳다. 우리의 민요도 그랬다. 그런데 이것은 중국의 오랜 서정시의 전통과는 아주 다른 점이다.

10) 이름이 정해져 있지 않은 모방: 단지 말—산문이든 운문이든—을 사용하는 모방의 기술이란 무엇인가? 다음에 더 설명하겠지만 내용이 역사적 · 과학적 사실이 아니면서 운문, 또는 산문으로 된 모방은 오늘날에는 넓은 의미의 '허구(픽션 fiction)' 또는 '상상적 글 imaginative writing'이다. 이 허구, 또는 상상적 글이라는 용어가 문학론에서 자리잡은 것은 19세기 말에 이르러서이다.

11) 소프로노스 Sophronos · 크세나르코스 Xenarchos · 소묘극 mimos: 소프로노스는 기원전 5세기 쉬라쿠사 Syracusa 출신의 소묘극 작가. 그의 아

들 크세나르코스 역시 소묘극 작가로 언급되나 작품은 전하지 않는다. 'mimos'란 그 이름이 암시하듯이 '흉내'란 뜻인데 일상 생활의 단면을 희극적으로 묘사하여 웃음을 자아내던 마당놀이였다. 이를 '소묘극'으로 옮겨본 것이다. 소프로노스의 산문 소묘극 일부가 남아 있다.

12) 소크라테스의 대화록: 플라톤의 저작인 이 글들의 내용을 고려하지 않으면 이들은 사람들 사이의 대화를 모방한 것이므로 말에 의한 모방이라 할 수 있다. 소묘극과 소크라테스의 대화록은 내용상 하늘과 땅의 차이가 있으나 산문으로 된 대화의 모방이란 점에서는 같다. 당시에 대화체 논의가 유행이었는데 이들을 한데 아우르는 용어가 없다는 말이다 (그러나 이 둘이 서로 목적이 전혀 다른 종류의 글임은 바로 아래에서 암시된다). 현재에도 물론 그 용어는 없다.

아리스토텔레스는 여기서 '모방적'인 글과 '전달적'인 글을 구별하고 있다. 철학 · 과학 · 역사 따위는 어떤 사실, 진실의 전달을 목적으로 한다. 다시 말하면 모방적인 글은 진실의 전달을 목적으로 하지 않는다. 이 구별은 언어의 문학적 사용과 과학적 사용을 가르는 논의에서 으레 거론된다.

플라톤의 저작을 '모방'이라 한 것은 아리스토텔레스가 모방을 극구 비하한 플라톤을 우회적으로 공박하려는 의도를 나타낸다고 하는 설도 있다. 플라톤의 대화들도 시와 같이 전적으로 허구(모방)에 의존한다는 말이다. 플라톤 자신은 아주 듣기 싫어할 말이다.

13) 단장 3보격 운율: 고대 헬라 운문 형식의 하나로서 '짧은 음절(단)'과 '긴 음절(장)'이 한 단위를 이룬 것(⌣—)이 세 번 반복된 운율을 말한다. 영어로 'iambic trimeter'라 하는 것이다. 비극에서 이를 다시 반복하여 6보격 hexameter으로 만들어 많이 썼다. 일상 언어와 가장 가깝다고 한다. 우리말이나 영어와 달리, 또는 불어와 같이, 헬라어에서 시의 운

율은 긴 음절과 짧은 음절이 교차 · 반복했다. 영어에서는 강약, 우리말 에서는 주로 음절의 수가 운율의 단위를 이룬다.

14) 엘레게이아 elegeia 대구: 이야기를 내용으로 하지 않고 슬픔의 감정을 나타내던 시형으로 6보격과 5보격이 대구를 이루어 반복되던 형식이었다. 오늘날의 엘레지 elegy의 조상이다. 기이하게도, 후에 한때 신랄한 풍자시의 형식으로 애용되기도 했다.

15) 호메로스 Homeros: 호머 Homer는 헬라어 이름 호메로스를 영국인들이 자기들이 부르기 쉽게 중세부터 불러온 이름이다. 프랑스인들은 오메르 Homère라고 한다. 우리가 이들을 따를 이유는 없다.

16) Empedokles: 소크라테스가 활약하기 전인 기원전 5세기 초 시켈리아(시실리) 출신의 헬라 자연과학자로 우주가 불 · 공기 · 물 · 흙의 4원소로 되어 있다는 설을 주장했다. 이 설이 그후 이천 년 이상 유럽 자연관을 지배했다. 그 4원소가 '사랑'과 '불화'의 원칙에 따라 서로 뭉치고 흩어져서 우주 삼라만상을 빚어낸다는 과학 사상을 6보격 운문으로 저술하였다. 즉 운문으로 된 과학철학 논문인데 아리스토텔레스는 이를 시적 모방이 아니라고 본다(이 관점에 비추어 소크라테스의 대화도 시적 모방에 포함시킬 수 없다는 것은 자명하다). 그러나 사람들은 엠페도클레스가 운문으로 썼으므로 '시인'이라 부르기도 하는 것을 아리스토텔레스는 반대한다. 그러나 오늘날에는 엠페도클레스의 운문을 과학 논문으로 보지 않고 교훈시 didactic poetry로 보는 관점이 강하다. 그것이 시인 이상 그것은 지식 전달을 위함이 아니고 상상으로 빚어낸 글, 곧 잘 짜여진 허구라고 보는 것이다. 아리스토텔레스는 교훈시라는 장르를 설정하지 않았다. 한편 아리스토텔레스는 비극이 교훈을 가르치기 위한 것이라는 말을 한 적이 없다.

17) 카이레몬 Chairemon: 아리스토텔레스 시대의 시인. 「반인반마들

Kentauroi」이란 랍소디아 rhapsodia(서사시 한 장면의 낭송) 몇 줄이 전한다. 60a2에서도 언급된다.

18) 송가 nomos: 악기 반주에 맞춰 부른 서정적 독창으로서 주로 아폴론 신에 대한 찬송가였다. 가사보다 노래 자체가 더 중요하여 시보다는 음악이라 함이 더 어울렸다.

제2장

1) 모방 기술자: 아리스토텔레스는 여기서 다시 시인을 특정한 기술과 원칙에 따라 모방하는 사람이라고 하고 있다. 신비로운 영감에 의존하는 시인이라는 개념을 떨쳐버리려 한 것이다. 그런데 '모방 기술자'는 시인뿐 아니라 배우, 음악 연주자까지도 포함할 수 있으므로 약간 조심할 필요는 있다.

2) 행동을 하는 사람: 앞 장에서 모방의 수단을 논하고 여기서는 모방의 대상을 다루고 있다. 모방의 대상으로 사람의 행동 praxis을 강조하고 있다. 엄격히 말하면 행동하는 사람이기보다는 사람의 행동이라 함이 더 옳다. 많은 번역에서 이 부분을 '행동 중의 사람 men in action'이라고 옮기는데 이는 단지 움직이는 사람을 뜻하기 쉬우므로 여기서 '어떤 행동을 하는 사람'으로 옮겨보았다. '프락시스'는 '어떤 목적을 이루려고 하는 행동'을 뜻하는 까닭이다. 즉 단순히 주먹을 쥐는 것 같은 행동이 아니라 삶의 어떤 목적을 이루기 위한 행동, 즉 목적이 있어서 시작하고 끝내는 짓을 뜻한다. 따라서 그런 행동은 궁극적으로 윤리와 관계가 있다. 그런 만큼 그것은 정치적이기도 하다. 행동은 성격이나 감정이나 사상이나 정신과 대조가 되는 개념이다. 시는 사상이나 정신에 관한 논의가 아니라 행동의 모방이다.

3) 고상한 사람 · 저열한 사람: 귀족 사회였던 당시 헬라에서는 각 사람의

성품이 이 두 극단 사이의 어느 지점에 위치한다고 보았다. 순전히 고상하기만 한 사람이나 완전히 저열한 사람은 아마 없을 것이다. 꽤 고상한 사람, 매우 저열한 사람은 있음직하다. 이 구분이 죄의 유무와 관계되는 기독교의 선과 악의 구분과는 근본적인 차이가 있음에 유의해야 한다. 이는 기독교 비극관과 매우 다른 점이다. 영어로는 보통 'goodness'와 'badness'로 옮겨지나 적절치 않은 듯하다. 오히려 우리말의 '잘남'과 '못남'이 더 어울릴 듯하다. 잘난 사람은 서사시나 비극의 주인공 곧 '영웅'이 되고, 못난 사람은 희극의 웃음거리 인물이 된다. 동양 윤리에서 군자와 소인의 구별과 비교해봄직하다. 특별히 잘나지도, 못나지도 않은 보통 사람도 물론 어떤 부류의 시적 모방의 대상이 될 터이지만 아리스토텔레스의 관심 밖이다.

4) 성품: 헬라어 에토스ethos를 영어로 'character' 즉 '성격'으로 옮기지만 도덕적 함양을 암시하는 '성품'이란 우리말이 더 어울린다. 그러나 문맥에 따라 '성격'이 어울릴 경우도 있다.

5) 폴뤼그노토스Polygnotos: 5세기의 유명한 화가였다고 한다.

6) 파우손Pauson: 아마도 캐리커처를 그리는 화가였던 것 같다.

7) 디오뉘시오스Dionysios: 5세기의 화가였던 듯하다.

8) 클레오폰Kleophon: 비극 작가였으나 작품은 전하지 않는다.

9) 파로디아parodia: 영어로 패러디parody. 본시 심각하고 엄숙한 글을 희극적으로 바꾸어 쓴 것. 우리의 노래 가사 바꿔 부르기도 파로디아의 일종이다. 타소스Thasos 출신의 헤게몬Hegemon은 5세기 후반에 아테나이에서 살았다고 한다.

10) 『데일리아다Deiliada』는 '겁쟁이의 서사시'라는 뜻이며 작자 니코카레스Nikochares는 초기 희극 작가였다. 작품은 전하지 않는다.

11) 티모테오스Timotheos, 필록세노스Philoxenos: 둘 다 당시의 극작가들.

12) 퀴클롭스Kyklops: 외눈박이 거인. 바다의 신 포세이돈의 아들인데 『오뒤세이아』에 인상 깊게 등장한다. 이 부분의 원문이 명확치 않다.

제3장

1) 재현 방식에 의한 구분: 앞에서 잘난 사람, 못난 사람이라는 두 모방 대상의 차이에 따라 구분할 수 있음을 말하고 여기서는 동일한 수단을 사용한 모방을 재현 방식에 따라 구분하는 법을 말하고 있다. 첫째, 호메로스의 서사시에서처럼 어떤 부분에서는 시인 자신의 말로 모방할 수도 있고 다른 부분에서는 행위자들의 말로 모방할 수 있다. 즉 서사시는 혼합적 모방 양식이다. 둘째, 디튀람보스나 송가나 오늘의 서정시에서처럼 한 사람의 목소리로 모방할 수도 있다. 셋째, 연극에서처럼 행위자들이 직접 행위와 말을 모두 모방하는 방식이다. 아리스토텔레스는 호메로스가 혼자 모든 이야기를 하지 않고 인물들을 내세워 이야기를 하게 하는 연극적 방식을 취한 것을 아주 높이 보았다. 시인 자신은 말하는 인물 자체를 모방(즉 창조)하는 셈이다. 이는 오늘날의 '극적 발언자,' '자아와 탈'의 이론에서 중요한 문제가 된다. 같은 소설이라도 작가가 '이야기하는 것 telling(이른바 'diegesis')'이냐 '보여주는 것 showing(즉 mimesis)'이냐에 따라 성격이 달라진다.
2) 소포클레스와 호메로스는 다 같이 고상한 사람들을 모방했다는 점에서 한 부류에 속한다 할 수 있고, 소포클레스와 아리스토파네스는 다 같이 연극이라는 장르를 사용했다는 점에서 한 부류에 속한다. 이것은 후에 문학을 주제 · 소재 · 장르 · 구조 등등에 의하여 구분하는 관행의 시초가 된다.
3) 아리스토파네스Aristophanes(B. C. 448경~380)의 희극들은 당시의 명망 있는 인사들을 등장시키고 당시의 주요 화제를 다루어 비판적으로

희화화하였다. 예컨대 희극 『개구리들』에는 비극 작가 에우리피데스와 아이스퀼로스가 등장하여 비극의 왕좌 자리를 가지고 서로 다툰다. 그러는 사이에 당시의 비극에 대한 관점과 사회적 인식이 드러난다. 그는 이러한 전통적 희극, 이른바 '옛 희극'을 대표하는 마지막 작가였고 그의 뒤를 이어 일상의 풍속을 다루는 '새 희극'이 등장했다. 이 '새 희극'을 로마인들이 계승했고 이것이 뒷날 유럽 희극의 전형이 되었다.

4) 민주 정치 시대의 발명: 6세기 초에 독재 정치가 타도된 적이 있다고 한다. 아리스토파네스의 희극 같은 옛 희극은 분명 민주 사회에서나 가능하다.

5) 키오니데스Chionides, 마그네스Magnes, 에피카르모스Epicharmos: 모두 초창기 희극 작가들이었다는 기록만 남아 있다.

6) 드라마drama와 희극komoideia 어원에 대한 한담: 드라마는 도리아Doria 말에서 '움직이다'를 뜻하는 드란dran에서 온 것이며, 희극은 '잔치'를 뜻하는 코모스komos와 '노래꾼'을 뜻하는 아오이도스aoidos가 합해서 된 말이라고 한다. 이 부분은 우리에게는 아주 중요한 정보는 아니다. 도리아 사람들은 북방으로부터 헬라 지역에 침범해 들어온 족속으로서 미리 그곳을 점령하고 있던 아카이아 사람들에게 문화적 열등감이 있었던 듯하다. 불확실한 어원에 의존하는 설명이나 주장은 예나 지금이나 긴 역사를 캐는 데 다소 열등감이 있는 아마추어 역사가가 애용하는 방법이다.

제4장

1) 두 원인: 아리스토텔레스는 일부 소피스트와 달리 시의 영감설을 아예 거론조차 하지 않고 시의 기원을 사람의 본성에서 구한다. 시는 천재의 특수한 능력이 아니라 모든 사람이 공유하는 기능인 스스로 모방하는

성향(시의 창작 능력)과 남의 모방을 보고 즐거워하는 성향(독자 또는 관객으로서의 인지)에서 생기는 것이다. 그러나 시의 영감설은 신비주의적 경향과 함께 언제나 살아 있었다. 플라톤은 『이온』에서 다분히 비꼬는 투로 이를 다루었다. 영감설은 기독교의 영향으로 다시금 살아나 중세 이후 낭만주의 시대까지 크게 번성했다. 오늘날에는 프로이트나 융의 '무의식'이 다소 막연히 개인의 통제를 벗어난 신비로운 시적 원천으로 간주되기도 한다.

2) 무서운 사물과 무서운 사물의 그림: 플라톤은 침대 그림을 시를 공격하는 데 썼다. 그는 화가의 침대 그림은 목수의 침대 자체보다 침대의 본질에 대한 지식에 있어 훨씬 뒤떨어진다고 했다. 그런데 아리스토텔레스는 그림 즉 사물의 모방은 사물 자체의 본질을 알려주기 위한 것이 아니라(지도나 동물 도본은 그럴 테지만) 보는 사람으로 하여금 인지의 기쁨(즉 경험의 되살림이 주는 기쁨)을 주려는 것으로 보았다. 송장은 무섭지만 송장 그림에서는 그것이 송장을 그린 그림이라고 알아보는 것 때문에 즐겁다고 했다. 비극 역시 끔찍한 사건 자체가 아니라 끔찍한 사건의 재현이므로 즐겁다. 뿐만 아니라 동시에 어떤 인지(지식의 습득)가 가능하게 된다. 즉 예술은 인지 · 인식 · 지식의 즐거움과 분리할 수 없다. 다시 말하면 구체적 사물의 그림에서 그 사물이 속한 일반적 형상을 볼 수 있다. 이는 특수에서 보편을 인지하는 능력이다. 이 능력의 발휘는 쾌감을 준다. 그런데 그 대상을 본 적이 없는 사람도 색채와 선의 배치 같은 기술 발휘를 보고 즐거움을 얻는다고 한다. 이 경우에도 아리스토텔레스는 이를 '모방'이라고 한다. 이는 모방의 대상에 대한 인지의 즐거움이 아니라 기술이 발휘된 것을 알아보는 즐거움인 것이다. 오늘날의 추상 미술도 그러므로 모방 기술의 발휘라고 할 수 있다.

3) 운율의 기원: 여기의 '선율'은 일부 다른 번역에서는 '조화(화음)'로 되

어 있기도 하다. 선율은 주로 음악, 리듬은 주로 춤과 직접 관계가 있는데 이들을 사람의 본능적 기능으로 보았다. 시의 초창기에 오랜 세월을 두고 일부 특별히 재능이 있는 이들이 선율과 리듬이라는 본능적 기능을 말에 사용하여 운율metre을 발전시켰다고 보는 것이다. 그러니까 운문시는 모방의 즐거움과 리듬의 즐거움이라는 두 본능적 즐거움에서 오는 것이다. 산문은 운문의 즐거움이 없지만 그것대로 즐거운 모방이 된다. 즉 운율은 시적 모방의 필수 요건은 아니다.

4) 즉흥시: 초창기 시인들은 일정한 형식이 없으므로 즉흥적이었다는 생각이다. 이는 지금은 인정되지 않는 관점이다. 시는 언제나 나름의 형식과 규칙이 있었다고 생각된다. 형식과 규칙에 관계없는 즉흥시는 없다. 즉흥시는 많은 정형시를 읽은 사람만이 지을 수 있다.

5) 풍자적 욕설: 실제 인물들을 풍자하고 놀려대는 욕설의 노래가 있었다고 한다. 아마 그러한 풍속을 아리스토파네스가 그의 일부 희극에 반영했을 것이다.

6) 천성이 고상한 사람은 고상한 인물을 모방하고 저열한 사람은 저열한 인물을 모방한다는 이론은 지금은 인정되지 않는다. 아리스토텔레스 자신도 다시 생각했어야 하는 문제다. 왜냐하면 바로 아래에서 그는 호메로스가 『일리아스』 같은 고상한 인물들의 모방을 지었는가 하면 『마르기테스』 같은 '저열한' 모방도 했다고 하기 때문이다. 호메로스는 고상한 동시에 저열했다는 말인가? 2장에서는 모방의 대상이 잘난 사람이거나 못난 사람이라고 했지 모방 대상이 시인 자신의 성품에 따라 선택된다고는 하지 않았다.

7) 찬송과 찬양의 노래: 찬송은 신에 대한 것, 찬양은 영웅에 대한 것이었다.

8) 『마르기테스Margites』: 아리스토텔레스 당시에 이름 높던 희극 서사시로, 어떤 멍청이 마르고스Margos의 이야기를 우습게 다룬 것인데 지금은

전하지 않는다. 호메로스가 지은 것으로 알려졌다. 『일리아스』가 비극에 해당된다면 『마르기테스』는 희극에 해당되는 것으로, 호메로스는 비극적 서사시와 아울러 희극적 서사시의 비조가 되는 것으로 인식되었다.

9) 단장 운율 iambos: 하나의 단음절과 하나의 장음절이 결합하여 이룬 운율의 단위로서 이 단위가 여럿이 모여 시의 한 줄(우리 시조의 장 같음)을 이루는데 고대 헬라에서 이 운율을 풍자나 욕설에 사용하였으므로 '이암보스'는 풍자 · 욕설의 시라는 뜻을 가지게 되었다. 물론 이 운율은 다른 주제에도 사용되었다. 영시에서도 르네상스 한때 '아이앰빅스 iambics'는 거친 어조의 풍자시를 뜻했다. 아리스토텔레스는 이 용어가 '풍자하다'라는 뜻의 '이암비제인 iambizein'이라는 말에서 왔다고 하나 이 어원적 설명은 근거가 없다고 한다. 하나의 운율이 본질적으로 일정한 소재만을 뜻하지는 않는다. 실상 이 운율은 일상의 말씨에 가장 가까워서 후에 연극, 특히 비극의 운율이 되었다.

10) 서사시적 6보격 운율: 서사시에서 단장 운율의 단위가 6번 반복된 행을 말한다. 주로 장중한 인상을 준다.

11) 호메로스를 비극적 서사시와 희극적 서사시를 동시에 쓸 수 있었던 예외적 천재로 생각하고 있다. 당시 비극 작가들은 풍자적 내용의 '사튀로스 극'(아래 주석 16번에서 설명한다)을 비극의 한 구성 요소로 삽입했으나 본격 희극을 짓지는 않았다. 후세의 셰익스피어는 비극 · 희극 모두에 능했으므로 호메로스처럼 추앙을 받는다.

12) 서사시에 대한 비극의 우위: 이를 증명하려는 것이 『시학』의 또 다른 목적이기도 하다. 엄격히 말하여 서사 시인은 비극이 형식에 있어 더 웅장하다고 하여 서사시를 버리고 비극 시인이 된 것은 아니다. 르네상스 시대에는 아리스토텔레스의 주장에도 불구하고 비극보다 서사시가 더 웅장하다고 추앙되었다.

13) 비극과 희극의 기원에 대해서는 아마 아리스토텔레스 자신보다 오늘날의 인류학자가 더 잘 알 것이다. 적어도 그보다 200년 전에 이미 연극 경연 형태를 갖춘 헬라 비극은 종교적 의식, 특히 풍요로운 번식을 비는 디오뉘소스 예배 의식에서 시작되었다고 하는데 그 비슷한 현상은 거의 모든 민족에게서 발견되며 우리나라의 풍어나 풍요 기원 굿처럼 아직도 계속되고 있는 경우도 있다. 디튀람보스 작가들이 즉흥적으로 비극을 짓기 시작했다는 설명은 믿기 어렵다. 디튀람보스는 비극적 요소를 포함한 종합적인 종교 의식의 한 부분으로 부르는 노래였다.

시적 장르로서의 비극이 소포클레스와 에우리피데스에 이르러 형식적으로 완성 단계에 이르렀다고 보는 것은 타당하다. 아리스토텔레스의 말대로 헬라 비극 장르의 잠재성이 모두 계발되어 그 뒤에 헬라 식의 비극은 더 이상 발전할 여지가 없었던 듯하다. 그러나 당시의 어떤 특정 작품이 그런 완성에 도달하였다는 말은 아니다. 그는 생물의 진화와 발전이 그 잠재적 가능성들이 모두 실현되기까지 계속되고는 사멸하는 것이 자연의 이치라고 보았다. 생물뿐 아니라 지상의 모든 존재가 그처럼 어떤 완성을 향하여 움직이고 있다고 보았다. 이 비슷한 것이 오늘의 진화론이기도 하다.

14) 아이스퀼로스Aeschylos(B.C.525~456)는 생전에 90여 편의 비극을 지어—그 중 『호소하는 여인들』 『페르시아 사람들』 『테바이를 공격한 7인』 『속박당한 프로메테우스』 등 7편이 전하고 있다—경연 대회에서 여러 차례 우승했고 만년에는 젊은 소포클레스와 겨뤄서 승리하기도 했다.

그의 전 시대인 6세기에 테스피스Thespis라는 사람이 처음 종교 의식을 비극으로 꾸몄다고 한다. 그는 신으로 분장한 배우 한 사람에게 신을 상징하는 탈을 씌워 등장시켰다고 한다. 그러나 비극은 그때까지도 사튀로스 극의 성격을 크게 벗어나지 못하여 배우가 합창대와 그 지도자와 수작을 주거니 받거니 하고 신화나 전설의 내용이 담긴 긴 디튀람보스나 송가를 악기 반주에 맞추어 합창하는 것이 기본이었는데 아이스퀼로스가 드디어 합창대와 별도로 신화나 전설의 인물로 분장한 배우를 한 장면에 두 사람씩 등장시켜 극중 대화가 중심이 되게 하여 심각한 사건의 내용을 전개하게 하였다. 합창대의 중요도를 축소하고 등장 인물을 부각시켰던 것이다. 이로써 풍요 제사의 형식이 크게 줄어들었다.

15) 소포클레스 Sophokles(B.C. 496~406)는 아이스퀼로스에 뒤이어 헬라 비극을 완성한 극작가로서 헬라의 정치 · 경제적 전성기에 활약했다. 약 120편의 작품 중 지금 전하는 것은 우리가 익히 아는 『오이디푸스 왕』을 비롯하여, 『안티고네』 『엘렉트라』 『필록테테스』 등 7편뿐이다. 그는 한 장면에 등장하는 인물을 세 명으로 늘여 연극적 성격을 더욱 강화했다. 합창대의 역할을 대폭 축소했고 동시에 음악과 무용도 많이 줄였다. 아울러 무대 장치와 의상도 훨씬 세련되게 갖추었다. 또한 장면(에피소드)의 수도 늘렸다. 즉 하나의 이야기(행동)를 가장 효과 있게 몇 장면으로 나누어 제시하는 방법을 완성했던 것이다.

16) 사튀로스 satyros 극은 종교 의식의 한 부분으로 삽입되던 것이라고 한다. 사튀로스(영어로 'satyr')는 헬라 신화에 나오는 괴물로 몸과 다리는 염소이고 윗몸과 머리는 사람으로 무리를 지어 산과 들에서 살며 사람처럼 말을 하지만 몸뚱이가 음탕한 염소인 만큼 행위가 야수적이었다. 이런 자들로 분장한 배우들이 풍요와 번식을 비는 종교 의식 중 남근 phallos을 상징하는 긴 몽둥이들을 아랫배에 매달고 휘두르면서 '남근 노래 phallic song'를 합창하고 그 지도자와 번갈아 수작을 하면서 떠들썩한 장면(우리 마당놀이에서 난장 같은 것)을 연출했다고 한다. 이들이 후에 비극의 '합창대 choros'가 되었다고 한다. 비극 tragodia(영어로 'tragedy')은 염소를 뜻하는 트라고스 tragos에 노래라는 뜻의 오도이아

odoia가 붙어 생긴 말로서 번식의 신인 디오뉘소스 예배 의식에서 염소로 분장한 사튀로스들의 합창과 율동, 또는 제물로 바친 염소를 기리는 노래라는 뜻이었다고 해석되기도 한다. 어쨌든 비극은 그 명칭만 보아도 염소와 관련된 의식에서 시작된 것이라고 추정할 수 있다.

17) 단장 운율: 앞의 설명 참조. 아리스토텔레스는 비극의 단장 6보격이 일상 언어의 자연스런 억양에 가장 근접하면서도 실제로는 일상 언어에서 별로 안 쓰이는 기술적인 운율임을 말하고 있다. 우리의 4·4조 운율도 아주 자연스럽지만 일상 언어를 4·4조의 연속으로 하지는 않는다. 그는 비극의 언어가 일부 디튀람보스처럼 지나치게 고양된 '마술적' 언어를 쓰기를 원치 않았다. 비극은 사람의 행동을 모방하는 장르인 까닭이다.

제5장

1) '못난' 사람의 모방: 제2장 참조. 못났다는 것은 고상하지 못하다는 말이지 악하다는 뜻이 아니며 우스꽝스럽고 창피스럽다는 말이다. 미적으로 도덕적으로 바람직하지 않은 성질이나 악은 아니다. 악은 고통과 파괴와 관계되며 비극적이다. 따라서 희극에도 어느 정도의 괴로움이 개재되지만 불안과 초조와 두려움을 자아내는 정도가 되어서는 안 된다.

2) 희극의 탈: 고고학적 발굴 조사에서 못난 표정을 과장한 오지 탈 조각들이 발견되었다고 한다. 일반적으로 종교 의식에서 신의 역을 맡은 사람에게 탈을 씌웠는데 본격 연극이 시작된 뒤에도 배우는 먼 데서도 얼굴을 잘 볼 수 있도록 큰 탈을 썼다. 헬라에서는 탈이 생기기 전에는 검붉은 술지게미를 얼굴에 발라 위장을 했다고 한다. 대체로 비극 인물은 입술이 위로 굽은 슬픈 표정의 탈을, 희극 인물은 입술이 아래로 굽은 웃는 표정의 탈을 썼다. 탈을 바꾸어 씀으로써 한 사람이 여러 역을 할 수도 있었다. 탈에 말소리를 한데 모으는 장치가 있어서 앞에 앉은 관

객에게 대사가 크게 들리게 했다. 우리의 탈놀이처럼 마당놀이에서 탈을 쓰는 것은 세계 도처에서 볼 수 있는 현상이다. 배우 개인의 사사로운 얼굴을 알아보지 못할 만큼 짙은 화장을 하는 것도 탈의 발전된 형식이라 할 수 있다. 이는 술지게미를 발라 위장하던 것의 계승이라 할 수도 있다. 지금도 민속 제식에서 얼굴에 진흙 · 검댕이 등을 발라 위장하는 경우가 많다.

또한 배우들은 모두 남자였다는 사실을 잊지 않아야 한다. 우리의 탈놀이에서도 그랬다. 서양에서 여배우는 18세기에 대규모 극장이 생긴 다음에 무대에 서기 시작했다. 셰익스피어의 줄리엣은 변성기 전의 소년 배우가 여자로 분장한 것이었다. 『오이디푸스 왕』의 요카스테 왕비 역시 여자 탈을 쓴 남자 배우였다.

3) 행정관의 허락: 비극은 정부의 원조를 받아 합창대를 조직하여 연습시켜서 공연할 수 있었는데, 희극은 처음에는 자원 봉사자들이 자금을 내어 공연하다가 나중에야 아테나이 행정관의 지원을 받아 합창대를 써서 디오뉘소스 축제 연극 경연에 나갔다고 한다. 즉 희극은 세계 도처에서 그렇듯 비극보다 심각한 관심의 대상이 되지 못했다. 따라서 그 역사도 추적하기 어렵다는 말이다.

4) '프롤로그'는 공식적으로 극이 시작됨을 관객에게 알리는 말이므로 프롤로그를 썼다는 것은 희극 놀이가 정형화된 것을 말한다. 정부에서 지원하는 배우의 수도 일정하게 세 명이 되었고 더욱이 희극도 '플롯'의 구성 기술을 적용하기 시작하였으므로 희극은 단순한 막간 놀이가 아닌 정식 모방 기술이 된 것이다.

5) 크라테스Krates는 450년부터 430년 사이에 희극의 정형화를 이룩한 희극 작가로 생각된다.

6) 일상 언어의 운율: 단장 6보격을 말한다. 서사시는 일관되게 그 운율을

쓰나 비극은 다른 운율도 사용하며 특히 노래와 기악 반주를 사용한다.

7) 서사시와 비극의 비교: 아리스토텔레스의 기본적 관심사로 『시학』의 도처에서 둘이 비교된다. 둘은 공통점이 많으므로 비극의 우열을 가릴 수 있는 사람은 서사시의 우열도 가릴 수 있다고 한다. 그러나 비극은 서사시에 없는 특수한 속성들이 있다. 그래서 서사시만 아는 사람은 비극을 논할 수 없다고 보는 것이다. 아주 중요한 문제는 작품의 '크기'를 제한하느냐 제한하지 않느냐이다.

8) 하루 동안의 일: 역사적으로 굉장히 큰 문제를 일으킨 아주 간단한 문구이다. 르네상스 시대에 이탈리아의 권위 있는 학자 카스텔베트로 Castelvetro가 『시학』을 해설하면서 희곡은 하루 낮 안에 벌어지는 일을 다루어야 하며 『시학』 여러 곳에서 행동의 통일이 강조되고 있는 만큼 한 사람의 한 가지 행동만을 모방해야 하며, 이처럼 시간과 행동이 제한되는 만큼 당연히 장소도 제한되어야 한다고 하였다. 그것이 아리스토텔레스의 암묵적 명령이라고 주장했고 여기서 이른바 희곡의 '삼통일 three unities, les trois unitès' 법칙이 확립되어 한때 유럽 희곡의 창작과 비평을 강력히 지배했다. 이는 유럽 각처의 자생적 민속극의 관행과는 어긋났으므로 식자들은 아리스토텔레스의 권위를 앞세워 민속극의 관행을 억누르는 경향이었다. 그러나 민속극의 전통이 이미 강력하게 뿌리박혔던 영국에서는 셰익스피어를 비롯한 우수한 극작가들이 모두 삼통일의 희곡을 외면했다. 그러다가 17세기 중엽부터 18세기 내내 아리스토텔레스의 처방으로 알려진 이 법칙에 대해 논의가 매우 분분했다. 그런 논의에 참여한 사람들이 실제로 『시학』을 읽어보았는지는 의심이 간다. 예나 이제나 비평가는 원전을 충실히 공부하지 않는 경향이 짙다. 서로 말꼬리를 붙잡는 짓을 일삼는 것이다.

아리스토텔레스는 비극이 한낮에 관객을 앞에 두고 무대에서 소수의 배우들의 말과 몸짓으로 직접 전달되는 것이므로 자연히 공연 시간의 제한이 있을 뿐 아니라 사건이 일어나는 시간도 제한된다는 말을 한 것이다. 당시에는 막이 없었고 단지 등장 인물들이 번갈아 등장하고 퇴장하면서 장면이 바뀌는 것뿐이었다. 더욱이 그가 좋아한 소포클레스의 비극은 긴 이야기가 대단원을 이루는 마지막 날의 사건을 다루는 특출한 기술을 보였으므로 여기서 시간의 제한을 언급한 것이다. 그러나 장소의 통일에 대하여 이야기한 적은 없었다.

제6장

1) 심각한 행위: 오늘날의 우리에게 아리스토텔레스의 비극에 대한 설명은 매우 심각한 것 같지 않을 뿐더러 답답하게 느껴질 수도 있다. '심각성'의 의미가 그만큼 달라진 것이다. 우리는 어느새 실존주의적 비극의 관념에 익숙하게 되어 있다. 그러나 이는 낭만주의 이후의 우리에게 생긴 정신적 습관이라는 사실을 깨달아야 할 것이다. 『시학』을 우리의 습관적 사고 방법에 대한 대안으로서 자리매김시킬 필요가 있다.
2) 완전하며 일정한 크기가 있다는 것을 강조한다. 서사시와 달리 크기의 제한은 부자유가 아니라 비극의 형식적 완전성을 낳는다. 이에 대해서는 아래에서 더 설명한다. 완전하다는 것은 여러 부분들이 있음을 전제하는데 그 여러 부분 또는 요소에 대한 설명도 뒤따른다. 그 여러 요소에 따라 사용 언어의 차이가 생긴다. 단장 6보격으로 일관하는 서사시보다 비극은 다양성이 있으면서 형식적 통일성이 있다.
3) 연민과 두려움: 아리스토텔레스는 이 책에서 시종일관 이 두 정서를 짝지워서 언급한다. 정의감, 분노, 사랑 따위는 관계가 없다는 말인가? 이에는 적어도 두 가지 이유가 있다. 첫째는 플라톤이 그 두 정서를 꼬집어서 시의 해독을 지적한 데 대하여 아리스토텔레스가 대답한다는 것

이고, 둘째로는 유독 비극은 관련된 두 정서를 최대한으로 자극한다고 본 데 있다. '연민'은 영어로는 'pity'로 옮길 수 있는데 우리 고유어에는 적합한 낱말이 없는 듯하여 '憐憫'이라는 한자어를 쓸 수밖에 없었다. 연민은 마음이 답답해질 정도로 불쌍하게 여김을 뜻한다. 즉 이성적 판단을 흐릴 만큼 강렬한 감정인 것이다. 간혹 '동정'이라 번역하는 이도 있으나 이는 아리스토텔레스가 윤리학에서 말하는 자비 · 자선을 뜻하는 필리아 philia나 필안트로피아 philanthropia로서 비극에 어울리는 강렬한 정서가 아니다.

또한 필자는 '공포'란 말이 아리스토텔레스가 뜻하는 바를 바로 전달하지 못한다고 보아 '두려움'으로 옮겼다. 그가 의미한 것은 '주인공에게 일어난 무서운 일이 나에게도 생길 수 있다는 두려움, 초조한 걱정' 같은 것이지 테러리스트의 총부리 앞에서 떨거나 드라큘라가 일으키는 것 같은 '공포'는 아니다. 영어로는 'fear'이지 결코 'terror'나 'horror'가 아니다. '공포'는 분명 오역이다.

4) 카타르시스 katharsis: 『시학』 전체에서 가장 유명하고도 까다로운 낱말로 번역자마다 조금씩 다르게 옮기고 있다. '정화 淨化 purgation, purification'든 '정화 靜化 pacification'든 한 가지로 고착시킬 수 없는 뜻을 가진 말이다. 아리스토텔레스가 여기서 비극의 효과를 한마디로 말하고는 다시 부연하지 않은 의미에 대해서 분분한 이견이 생기고 시대마다 당시의 관심사를 반영하는 해석이 나오곤 한다. 아리스토텔레스는 『정치학』에서 음악의 효과에 관해 좀더 긴 문맥 속에서 이 용어를 사용했는데 비극에서의 의미와는 다르다는 것이 오늘날의 해석이다.

5) 시각적 장면: 오늘날과 같은 사실적 또는 표현적 무대 장치가 아니라 간략한 그림을 그려 세우거나 소도구를 장치하는 등 매우 간소한 것이었으나 등장 인물의 의상은 매우 사실적이고 화려했다. 가면은 비극과

희극이 서로 달랐다. 그러나 어쨌든 무대는 상당한 볼거리가 되었고 그런 만큼 비극의 전체적 효과 중의 일부가 되었다. 경우에 따라서는 의상과 무대 장치에 능한 무대 전문가가 동원되기도 했다.

6) 여기서 '노래'는 물론 가사가 있는 노래를 말한다. 악기 반주가 있었다. 가사는 매우 서정적이었다. 다시 말하면 아리스토텔레스가 높게 본 행동의 모방으로서의 시라기보다는 감정을 나타내는 일련의 소리, 즉 음악에 더 가까운 것이었다. 곡은 비극 작가의 작곡 작품이기보다는 잘 알려진 가락을 이용한 것이었다. 셰익스피어의 여러 연극에서도 그런 노래가 나오곤 한다. 우리 판소리에서도 이야기 줄거리와 직접 관련이 없는 구성진 노랫가락이 이따금씩 끼이곤 한다. 작사자 · 작곡자가 합작하는 오늘의 악극이나 뮤지컬과는 많이 다르다.

7) 성격과 사고력: 물론 비극의 등장 인물의 성격과 사고력을 말한다. 여기서 말하는 '사고력'은 '사상thought'으로 번역되는 경우도 있지만, '사상'은 자칫하면 비극 작가의 사상을 뜻하는 말로 오해될 염려가 있어 '사고력'이라 한 것이다. 도쉬Dorsch는 "지성의 모방mimesis of intellect"으로 번역했다. 오늘날 우리는 사고력을 성격의 일부로 생각하지만 헬라의 윤리학에서는 한 사람의 성격과 사고력을 구별하여, 성격ethos은 자기 입장에 대한 반응의 특질을 나타내고, 사고력dianoia은 자기 입장을 판단하는 능력을 나타낸다고 보았다. 비극에서는 등장 인물의 행동이나 말에서 그의 윤리적 성격 즉 인격이 드러나며 그가 어떤 문제를 분석하고 증명하든가 어떤 주장을 펴는 대목에서 그의 사고력의 질과 능력이 나타난다. 이처럼 사고력은 그의 지적 능력과 관계가 있다. 이를 '사상'이라 옮기는 것은 분명 어폐가 있다. 개인의 성격과 사고력은 확실히 서로 다른 특질들이다.

8) 성공과 실패: 다시 말하면 행복과 불행이라 할 수 있다. 사람의 행위의

귀결점은 결국 이 둘이다. 행복과 불행의 참뜻에 대해서는 아리스토텔레스가 그의 윤리학에서 자세히 다루고 있다. 그 두 귀결점은 다시 또 다른 행위의 출발점이 된다. 이처럼 행위의 연속성 becoming이 아리스토텔레스 윤리학의 기본 전제가 되어 있다. 그는 행위의 결과로서 어떤 최종적 상태에 머무는 것 being을 생의 목표로 삼지 않았다.

9) '플롯은 행동의 모방이다.' 여기서 제1장 서두에서 언급한 플롯이 다시 강조되고 있다. 바로 몇 줄 앞에서 비극은 행동의 모방이라고 하고 여기서 플롯은 행동의 모방이라고 하니까 '비극은 곧 플롯'이란 등식이 성립된다. 그런데 플롯은 사건들(이야기 내용)을 조직한 것이라고 아리스토텔레스는 강조한다. 즉 그는 플롯 mythos의 일상적인 의미인 '이야기'를 버리고 '이야기의 조직'이라는 특수한 의미로 사용함을 강조하는 것이다. 한 편의 비극이 비극인 것은 그 이야기의 내용 때문이 아니라 그 이야기를 특수하게 조직한 까닭인데 바로 그 조직을 그는 '뮈토스'라고 부르기로 한다. 바로 몇 줄 아래에서 그는 이 점을 천명하고 플롯이야말로 비극의 '영혼'이라고 선언한다. 이처럼 조직으로서의 플롯을 헬리웰은 그냥 플롯이라 하지 않고 '플롯 구조 plot structure'라고 한다.

10) 비극의 6요소: 모방의 두 수단은 언어 표현과 노래이고, 모방의 한 방식은 시각적 장치이고, 모방의 세 대상은 플롯 · 성격 · 사고력이다. 『시학』은 주로 이 세 대상, 특히 플롯에 관한 논의이다.

11) 사건들의 조직: 다시 말하면 이야기의 구조화이다. 이러한 조직은 한 사람의 모든 것을 열거함을 뜻하지 않고 일정한 한계 속에(우선 물리적으로 한 장소에서 같은 관객을 앞에 놓고 계속해서 상연할 수 있는 길이가 되도록) 가장 적절한 사건들만을 선택하여 하나의 전체를 이루도록 구성하는 것이다. 사건이란 성격처럼 정지 상태가 아니므로 시간적으로 전개되어 시작과 종말이 있을 수밖에 없다(성격은 시작에서 종말에 이

르는 과정이 아니고 정적인 상태일 뿐이다). 그리고 행동이란 어떤 목적이 있고 그 목적은 행복하게 되는 것인데 이를 성취하는 경우와 그러지 못할 경우가 있다. 따라서 인생은 언제나 희극과 비극의 재료가 될 수 있는 것이다. 특히 잘난 사람의 경우가 그렇다.

12) 성격은 필수 요소가 아니라 첨가 요소라는 주장이다. 낭만주의 발흥 이후 유럽인과 그에 영향을 받은 동양인이 가장 크게 거부 반응을 일으킬 만한 대목이다. 아리스토텔레스는 사람의 행동을 강조한 나머지 성격을 필수요소가 아닌 첨가 요소로 보는 것 같다. 그러나 다시 반복하거니와 성격에 대한 배타적 집착은 낭만주의 발흥 이후의 유행이지 고대나 중세나 르네상스 시대에도 별로 관심의 대상이 되지 않았던 상대적 · 문화적 현상이다. 예컨대 셰익스피어의 햄릿 왕자의 성격이 매력적으로 인식된 것은 낭만주의 이후의 일이다. 그전에는 햄릿이 어떤 상황에서 어떻게 행동했는지가 관심사였다. 더욱이 비극이 배우들(행위자들)의 직접적 행동에 의해 전달되는 이야기일 수밖에 없다는 사실을 잊지 않아야 한다. 19세기 말의 영국 학자 부처 Butcher는 성격이 먼저냐 행동이 먼저냐를 따지는 것은 닭이 먼저냐 알이 먼저냐를 따지는 것과 같다고 했는데, 아리스토텔레스는 비극에서는 행동이 먼저라고 못박았다. 우리는 아리스토텔레스가 말하는 행동(과정)과 성격(상태)의 뜻을 더 명확히 아는 것이 필요하다. 더욱이 헬라 비극은 모두 일정한 형식의 탈을 쓴 배우들이 연출하였다는 사실도 중요하다. 탈은 개인적 특성이 아니라 일반적 전형 type을 암시한다.

13) 성격이 없는 비극: 19세기 유럽에서 성격이 없으면 극은 성립될 수 없다고 하는 편견이 생겼지만 실제로 오늘날의 많은 통속 액션 영화의 인물들은 성격(개성 · 특성)이 다만 이야기(액션)를 이끌어가기에 도움이 되는 극히 전형적이고 상투적인 성격(악당 또는 영웅의 전형 따위)만을

나타낸다. 성격의 상투성에 의존한다는 것은 성격을 '창조'하는 일이 아니므로 성격이 '없다'고 할 수 있다. 이런 경우 성격에 대한 관객의 흥미는 최소한으로 줄어든다. 소포클레스 등 비극의 대가들이 인물의 행동을 더 긴밀히 조직하기 위해 성격을 부각시켰다고 아리스토텔레스는 생각했다. 그 아류들이 우선 손쉽게 주로 성격을 나타내는 덜된 극을 만들곤 한다고 그는 비판하는 것이다.

14) 제욱시스Zeuxis는 당시 이탈리아에서 활약한 화가로서 제26장(61b12)에서 전혀 결함이 없이 아름답게 인물을 그린 사람으로 언급되고, 폴뤼그노토스Polygrnotos는 제2장(48a5)에서 살펴보았듯이 대상을 실제보다 더 잘나게 그린 화가로 언급되고 있다. 앞사람은 인물을 아름답게만 그리고 성격적 특징을 나타내지 않았던 모양이고, 뒷사람은 실제보다 아름답게 그리면서 성격을 나타냈던 모양이다. 제욱시스는 특히 여성미를 잘 그려 헬라의 가장 유명한 화가로 알려졌다. 고구려의 솔거처럼 그의 포도 그림을 보고 새들이 날아와 쪼았다는 전설이 있다.

15) '뒤바뀜과 깨달음'은 조금 뒤에 설명한다.

16) 초심자: 연극 창작을 배우는 과정에 있는 사람들은 우선 성격 묘사부터 배운다는 것이다. 우리가 언뜻 생각하기에는 플롯부터 배울 듯한데, 이는 우리가 이야기 줄거리를 플롯으로 잘못 알고 있기 때문이다. 이야기 요소뿐 아니라 성격까지 하나의 구조를 이루도록 짜맞추는 기술은 대가의 솜씨이다. 초심자는 막연히 이야기 줄거리(그것은 플롯이 아니다)를 마련한 다음에 잘난 사람, 못난 사람, 용감한 사람, 연애하는 사람, 겁쟁이, 착한 사람 같은 일반적 성격을 가진 사람을 생각한다.

17) 선과 색채: 플롯은 선이고 성격은 색채라는 견해이다. 우리가 잘 알거니와 유럽의 낭만주의는 바로 이 '색채'를 강조한 시대였다. 낭만주의 미술의 총화라 할 수 있는 인상주의는 바로 색채의 강조에 그 중점을 둔

다. 반면 고전주의는 선 · 규격 · 제한 · 구성 · 조직을 강조한 것으로 알고 있다. 아이들에게 크레용을 주면 누구나 색채는 잘 칠하지만 선을 제대로 그으면서 외부 사물을 묘사하는 일은 어려워한다. 화가의 본격 훈련은 선을 정확히 재현하는 데생으로 다져진다.

18) 행동과 행위자: 비극은 물론 행동의 모방이다. 행위자, 즉 인물 자체의 모방이란 그의 성격을 모방(제시 · 묘사)하는 일이다. 다시 말하면 인물의 성격을 모방하는 것은 그의 행동을 모방하기 위한 하나의 방법이라는 것이다. 이만큼 행동이 본질적으로 중요하며 이러한 행동을 잘 모방하기 위해 성격의 모방도 필요하다.

이 대목으로 아리스토텔레스는 플롯이 비극의 요소들 중 가장 중요한 다섯 가지 이유를 다 말했다. 즉 1) 비극은 행동의 모방이고 성격은 첨가적이며, 2) 비극은 성격 없이도 가능하며, 3) 성격은 풍성하나 행동이 모자라는 비극은 비극의 구실을 못하며, 4) 비극의 가장 매력적인 부분은 성격이 아니라 플롯에 속한 것이며, 5) 플롯은 가장 어려운 부분이다.

19) 사고력 dianoia은 앞서 설명했듯이 작가의 '사상'이 아니라 등장 인물의 지적 능력으로서 구체적으로 그런 능력이 부각되는 대목을 가리킨다. '사상'이라 옮기는 것은 잘못이다. 성격 ethos은 윤리적 선택에서 가장 분명하게 드러난다. 연극에서 인물의 성격은 인물이 어떤 행동을 취할지를 선택하는 발언에서 구체적으로 나타난다. 즉 인물의 발언 자체가 중요하다. 성격과 사고력은 물론 시인이 모방한 결과로 나타나는 요소들이다. 헬라 시대에 수사학뿐 아니라 정치학도 개인의 주장이나 의견이나 입장을 합리적으로 설명하고 설득하는 발언의 기술을 포함했다. 사고력은 적절한 고사성어나 격언을 인용하는 데서도 잘 나타난다.

20) 문체 · 언어적 표현: 이는 주로 수사학에서 다룰 문제이다. 그래서 아리스토텔레스는 『수사학』을 따로 지었다. 근대 시학에서 시인을 언어 예

술가라고 하지만 아리스토텔레스에게는 시인은 어디까지나 모방 기술자였다. 그는 서정시를 거의 시로 취급하지 않고 오히려 음악의 부수물로 보는 경향이 있었다.

21) 의상(탈을 포함)과 무대 장치는 극작가의 소관 사항이 아니다. 아리스토텔레스는 비극이 무대 공연 대본일 뿐 아니라 문학 작품으로 읽힐 수도 있다는 사실을 강조한다. 이는 특히 근대적 발상이라 할 수 있다. 상연이 아니라 읽기 위한 극이 씌어진 것은 근대 이후이기 때문이다. 예컨대 『파우스트』 제2부는 읽기 위한 극시이다. 그러나 동서양을 막론하고 극본은 주로 공연 대본으로 인식되었고, 그런 만큼 대개 구전에 의존했다. 우리의 판소리가 그랬다.

제7장

1) 처음 · 중간 · 끝: 아리스토텔레스가 '전체'를 시간적 존재를 주로 염두에 두고 내리는 유명한 정의이다. 하나의 전체는 다양한 부분들로 이루어진 통일체인데 그 부분들은 개연적 · 필연적으로 서로 연결되어야 한다. 이 정의에 의하면 하나의 작품으로서의 '미완성 교향곡'은 있을 수 없다. 또한 모래 한 삽은 필연적인 처음 · 중간 · 끝이 없으므로 '전체'를 이룰 수 없다. 분필 한 개는 하나의 전체가 되지만 처음 · 중간 · 끝의 연결이 아주 단순 명백한 원칙에 따르는 것일 뿐이므로 별로 가치가 없다. 여러 부분들이 서로 이어지고 분리되는 모습을 감지할 수 있도록 된 전체이어야 아름다움을 조성할 수 있다. 모든 사물은 아마 그 중간이 가장 크고 복합적일 것이다.

서사시나 연극의 처음은 독자나 관객이 그 앞에 벌어진 사실을 몰라서 계속하여 불안 · 불만 · 부족을 느끼지 않게끔 시작하여 전개되는 것이다. 끝도 마찬가지이다. 사건의 중도에서 시작하는 작품이라도 관객이나 독자가 그것이 처음이고 그 앞에 벌어진 사건은 차차 문제없이 밝혀지리라고 기대할 수 있게 짜여져야 한다. 소설의 첫 쪽 또는 마지막 몇 쪽이 떨어져 나간 것 같은 인상을 주어서는 안 된다.

여기서 주의할 점은 아리스토텔레스가 신고전주의의 규범주의 prescriptivism나 근대적인 의미의 형식주의 formalism나 낭만주의의 유기체론 organicism과는 많이 다르다는 것이다. 물론 관계는 있지만 아리스토텔레스는 철학자로서 이성적 판단과 지식과 윤리적 생활을 우선적으로 중시했다. 근대의 형식주의는 이성 · 판단 · 지식 · 윤리 따위에서 해방되는 것과 관련이 깊다. 그가 언제나 개연성과 필연성을 강조한 사실을 잊어서는 안 된다.

2) 아리스토텔레스는 비극이 관객에게 하나의 단일한 경험이 될 수 있는 크기여야 한다는 것을 중요하게 생각한다. 바로 이 점 때문에 그는 서사시보다 비극을 더 높게 쳤던 것이다. 여기서 다시금 플롯은 이야기 줄거리가 아니라 이야기를 기술적으로 조직하여 짠 것임을 상기하게 된다.

기이하게도 19세기 중엽에 앨런 포 Allan Poe, 밀 Mill 등 영미 비평계 일부에서 장시나 장편소설은 신선한 인상이 오래 지속될 수 없으므로 통일된 단일한 효과를 줄 수 없다는 이유로 반대하고 처음에 준 신선한 인상을 계속 유지하는 서정시가 진짜 시라는 이론을 내세웠다. 동양의 시는 모두 짧은 서정시라는 사실도 상기할 필요가 있다(이상섭, 『영미비평사』 2, pp. 289~316 참조).

3) 비극의 길이: 여기서 아리스토텔레스는 비극의 길이는 공연 시간이라는 물리적 조건 때문이 아니라 플롯의 필요 충분한 전개를 위해 정해지는 것이라고 주장한다. 아테나이 비극 경연 대회에서 수십 편의 비극을 공연했다고 하는데 당시에 사용하던 물시계로 각각의 상연 시간을 제한했다고 한다. 이는 물론 비극의 길이를 인위적으로 제한한 것이다. 그

러나 비극의 길이에는 관객과 독자의 관극 또는 독서의 시간이 중요한 결정 요인이 됨을 부인할 수 없다. 그는 하나의 플롯이 제대로 전개되는 시간과 연극의 공연 시간이 '우연히도' 서로 비슷하다고 주장하는 듯하다. 어쨌든 제한된 길이 속에서 하나의 전체를 이룬 비극은 형식적으로 아름답다. 이는 미학의 기본 원리가 되는 생각이다.

4) 행복에서 불행으로의 변화만이 비극일 뿐 아니라 불행에서 행복으로의 변화까지도 아리스토텔레스는 '비극'으로 보고 있다. 우리의 생각과는 아주 다르다. 그는 심각한 행동이란 심각한 변화가 있는 것이고 그러한 변화가 있는 사건을 모두 '비극'이라고 했다. 그런데 그런 변화가 심각한 의미가 있기 위해서는 '개연적' 또는 '필연적' 이유가 분명해야만 한다. 대개의 실질적인 예를 보면 심각한 변화는 행복에서 불행으로의 변화를 보이는 까닭에, 다시 말하면 비극적 효과는 행복에서 불행으로의 변화에서 가장 잘 조성되므로 주로 그런 내용을 비극이라 한 것이다. 다음의 제13장과 14장은 각각 이 두 유형의 비극을 다룬다.

제8장

1) 『헤라클레이이스 Herakleiis』나 『테세이이스 Theseiis』: 현재 전하지 않는 전설적 영웅 헤라클레스와 테세우스에 관한 고대 서사시다.

2) 호메로스에 대한 아리스토텔레스의 존경은 지극하여 호메로스가 '천분'에 의하여, 즉 배우지 않고 날 때부터 능력을 지닌 사람으로까지 생각할 정도였다. 르네상스와 낭만주의 시대에 크게 유행한 예술 천부설에 대해서는 그가 실제로 관심을 가지지 않았다. 그는 설명 불가능한 일은 당연히 논의의 대상으로 삼지 않았다.

3) 필연적 또는 개연적 연결성: 여기서도 필연적 · 개연적 연결성을 강조한다. 그런 요소는 하나의 작품을 하나로 뭉칠 뿐 아니라 관객-독자의

이성적 판단에 의한 수긍을 불러일으킨다. 9장에서 자세히 다룬다.

4) 『오뒤세이아』 19권, 392~466행에 오뒤세우스가 소년 시절에 파르나소스에서 다리에 큰 상처를 입은 사실이 길게 적혀 있는데 아리스토텔레스는 이를 깜빡 잊고 있다. 오뒤세우스가 갓 결혼하여 아내와 어린 아들과 잘살고 있던 중 트로야 원정군의 참가 요청을 받고 안 나가려고 미친 척하였다는 이야기도 이 시에는 나오지 않는다. 두 장면 다 서사시의 플롯에 필요한 장면들은 아니다.

제9장

1) 헤로도토스 Herodotos(B.C. 480?~425?): 지중해 연안과 소아시아를 두루 여행하고 당시 알려진 전세계의 근대사를 합리적으로 연구하고 확인하여 논리적으로 기술한 최초의 저술가였다. 그가 쓴 훌륭한 산문을 운문으로 바꾸어 놓는다고 해서 그의 역사 저서가 서사시가 되는 것은 아니라는 말은 제1장에서 운문으로 쓴 엠페도클레스의 자연과학 저술이 시가 아니라는 말과 같다. 운문이야말로 시적 모방의 단순한 첨가물에 지나지 않는 것으로 본 것이다. 운문에 대한 이러한 관점은 물론 근대의 생각과 정반대이다. 근대 시학에서는 운문이야말로 시의 본질이라고 본다.

2) 시와 역사의 차이: 『시학』의 핵심 개념 중의 하나이다. 이미 일어난 사실은 개별적이고 특수한 사실이다. 개별적 사실 자체는 시적 플롯을 이루는 데 저절로 끼일 수 없다. 개별적 사실들은 아무리 많이 연결되어도 시적 플롯을 이루지 못한다. 그것이야말로 단순히 역사를 이룰 뿐이다. 시적 모방의 재료가 되기 위해서는 시인의 플롯에 어울릴 만한 것이어야 하며 또한 전체의 통일성에 합치할 수 있도록 '보편성'을 띠게 변형되어야 한다.

3) '시가 역사보다 더 심각하고 철학적'이라는 말은 역사가가 매우 못마땅하게 여길 만한 말이다. 아리스토텔레스는 역사가 단지 개별적 사건들의 나열에 지나지 않는다고 낮춰보았다. 그러나 실제에 있어서 역사가는 개별적 사실들의 시간적 나열에 그치지 않고 어떤 주도적 목표를 향한 흐름을 상정하고 그 흐름에 어울리는 개별적 사실들을 선택하여 적절히 해석하고 배열한다. 그만큼 역사학도 '문학적'이고 '허구적'이다. 즉 '모방적'이다. 이 '모방적' 성격이 커질수록 역사는 역사 철학을 거쳐 역사적 상상물로, 거기서 다시 문학으로 변질될 위험이 있다. 그러나 역사학에서는 구체적 사실의 객관적 확인, 즉 진실의 탐구를 가장 중요한 사명으로 전제하고 있다. 그런 만큼 그것은 비모방적 · 비시적이다.

여기서 문학 · 역사학 · 철학이라는 전통적 인문학의 삼대 영역이 언급되는 것을 본다. 이 세 영역의 우위 다툼은 서양 인문학의 한 전통을 이룬다. 아리스토텔레스보다 먼저 플라톤은 문학과 철학의 싸움을 돋구었다. "시와 철학 사이에는 해묵은 싸움이 벌어지고 있다"고 그는 선언했다. 그의 제자 아리스토텔레스는 시에게 '철학적'이라는 형용사를 붙여주어 그 둘 사이에 화해를 시도한다. 그 과정에서 그는 역사를 평가절하한다. 그러나 철학을 최상위에 두는 데는 변함이 없다.

그런데 우리가 주의할 점은 여기서 아리스토텔레스가 시가 철학 그 자체와 맞먹는다는 말을 하지 않고 다만 역사보다 '더 철학적'이라고 했다는 사실이다. '철학적인 것'은 '철학' 자체를 뜻하지 않는다. 철학자인 그가 시와 역사의 비교 우위 겨룸에서 시의 편을 들어주었을 뿐이다. 철학은 물론 최상위를 차지한다. 후세의 많은 비평가들은 이 구절을 마치 시가 철학을 포함하여 어떤 글보다도 심각하고 철학적이라고 주장한 것처럼 해석했다. 다시 말하면 시가 '진리'에 대한 배타적 · 특권적 접근 방법을 가지고 있다고 보았던 것이다.

4) 개연성 · 필연성 · 보편성: 영어로 'probability · necessity · universality'로 표현되는 말들이다. 개연성을 수학에서는 '확률'이라 부른다. 즉 예외가 있을 수 있으나 사물이 '대체로 그러함'을 뜻하고, 필연성은 사물의 정해진 이치에 따라 '반드시 그러함'을, 보편성은 모든 개별적 사물들에서 '두루 그러함'을 뜻한다. 필연성은 사람의 실제 생활에서는 거의 볼 수 없는 것으로 주로 논리와 과학적 법칙에서 발견되는 것이다. 따라서 비극은 개연성의 차원에서 관찰하는 것이 더 옳다.

5) 알키비아데스 Alkibiades(B. C. 450?~404): 아테나이 출신의 정략가로 출세 · 추방 · 반역 · 개선 등 파란만장한 생애를 암살에 의해 마감한 희대의 풍운아로서 비극의 인물이 되기에는 너무도 기이하고 특수한 행동을 한 사람이었다. 아리스토텔레스가 일부러 그를 특수한 인물의 예로 들은 듯하다.

6) 특정한 이름과 보편적 인물: 비극의 인물은 보편적 성격을 띠고 있으나 이름은 고유 명사, 곧 특수한 개별적 명칭이다. 오이디푸스도 햄릿도 특수한 개인의 이름이다. 즉 이름만큼은 '역사적'이다. 다시 말하면 사실성에 근거를 둔다는 인상을 준다. 이는 사건과 인물의 역사성, 즉 사실성을 높일 뿐 아니라 모든 사람은 고유한 이름을 갖는다는 보편적 사실을 암시한다. 아리스토텔레스에 의하면, 비극의 인물에게 실제의 역사상의 이름을 붙이면 관객은 역사적으로 이미 일어난 일이니까 앞으로도 다시 일어날 수 있다고, 즉 '개연적'이라고 생각한다는 것이다. 허구적 이야기의 실현 가능성을 높이므로 관객이 이야기를 더욱 신뢰하게 된다는 것이다.

7) 역사는 특정 인물의 이름을 정확히 밝히는 것을 핵심 과제로 삼는다. 철학에서는 사람을 주제로 하면서 김아무개라는 이름을 붙이지 않는다. 철저한 보편성을 추구하기 때문인데, 그래서 사람, 또는 인간, 또는 이

성적 존재, 또는 주체 따위의 관념적 명사를 쓴다.

심각한 문학에서도 인물의 성격이나 상황을 암시하는 전형적인 이름을 쓰는 경우가 많다. 예컨대 『구운몽』의 양소유(梁少游)는 '잠시 선계를 떠나 양씨 집안에 태어나 인간계에서 노니는 자'를 뜻하며 『세일즈맨의 죽음』의 로맨 Loman은 하층민 low man을 뜻한다. 특히 희극에서는 희극적 전형을 나타내기 위해 '똘똘이 Truewit,' '침울이 Morose,' '신거운(申居雲)'(싱거운 사람) 따위의 인물 이름을 만들어 쓰는 경우가 많다. 이런 이름은 이야기의 보편성을 높이며 이름의 재미스러움이 희극의 효과를 높이기도 한다. 아리스토텔레스는 당시의 희극이 우선 플롯을 작성하고 나서 인물들의 이름을 붙인다고 한다. 이것은 그전의 욕설의 시에서 실제 인물들의 이름을 대며 풍자하던 것과 다름을 지적하고 바람직한 변화로 본다(아리스토파네스는 동시대 인물들을 등장시키면서 그들의 이름까지 그대로 썼다). 그는 극중 인물의 이름을 역사나 전설에서 빌려오지 않고 창작하는 것도 좋다고 생각한 듯하다. 문학이 역사로부터 독립하기를 기대하는 것이다(당시 사람들은 대부분의 신화나 전설을 역사적 사실들로 믿었다). 역사에 근거를 두는 한 특수성을 완전히 떨쳐버릴 수 없고 작가의 자유로운 플롯 구성에 장애가 되기도 한다. 그러나 희극과 달리 비극에서는 여전히 기존 신화 · 전설 · 역사에서 소재는 물론 이름까지 가져다 썼다.

8) 아가톤 Agathon은 헬라의 3대 비극 작가 이후에 나타난 신예로서 『안테우스』 등 많은 작품을 썼으나 지금은 파편들이 조금 남아 있을 뿐이다. 그는 선배 작가들과는 달리 역사나 전설에서 소재를 구하지 않고 전적으로 창작을 한 듯하다. 이를 아리스토텔레스가 높이 산 것이다. 그는 대중에게 잘 알려지지 않은 소재도 좋고 아예 창작하는 것도 좋게 여긴다. 역사에서 소재를 가져오든, 소재를 창작하든, 비극적 효과를 내기

위해서 개연성이 있는 플롯을 구성하는 일만이 절대적으로 중요하다.

9) 에피소드 식: 서로 필연적 관련이 없는 장면들을 여러 개 모아서 한 작품을 만드는 방식은 처음 · 중간 · 끝이 서로 필연적으로, 또는 적어도 개연적으로 연결되는 것을 강조한 아리스토텔레스가 반대하는 것이 당연하다. 단순한 플롯, 복합적 플롯에 대해서는 제10장에서 설명한다.

10) 작가와 배우: 당시에도 인기 배우가 자기의 웅변술이나 연기를 과시하든가 쉽게 할 수 있도록 작품을 고치게 하곤 했던 모양이다. 오늘날 특히 영화 시나리오 작가는 감독과 배우에게 거의 완전히 종속되어 있다. 이런 상황에서는 작품의 구조적 통일성 · 개연성의 조성 따위는 안중에 없게 된다. 시대에 따라 또는 무대 사정에 따라 배우가 작가 위에 군림하는 경우가 적지 않다.

11) 기대를 벗어나는 필연적인 연관성: 사물의 일정한 이치에 따라 '반드시 그러기로 되어 있는 것'이 필연이다. 그런 만큼 웬만한 판단력이 있는 사람은 어떤 사건을 보고 그 결과가 어떨지를 미리 알 수 있다. 즉 인과율을 적용할 수가 있는 것이다. 그러나 비극의 사건들이 서로 그처럼 자명한 인과율에 의해 연결되는 것이라면 관객의 흥미를 계속 끌 수가 없고 보나마나한 연극이 될 것이다. 아리스토텔레스는 '기대를 벗어나는' 관련성을 강조한다. 인생의 모든 사건이 완전히 예측할 수 있는, 다시 말하면 미리 기대할 수 있는 인과율의 법칙을 따르는 것은 아니다. 오히려 그 반대이다. 미래에 대한 예측은 아무리 조심스러워도 대체로 빗나가기 마련이다. 그렇다고 해서 인과율의 법칙을 벗어나는 것도 아니다. 정확히 말하면 여러 인과율의 법칙들이 작용할 수 있는데 그 중 적절한 것을 미리 알아내지 못하는 것이다. 그래서 대체로 인과율은 이미 끝난 일의 원인을 설명할 때나 소용이 된다. 기대와 실제 결과와의 거리가 멀면 멀수록 그 일을 당하는 사람의 충격이 크다. 아리스토텔레스는 바로

이처럼 기대와는 아주 다르게 나타나는, 그러나 따지고 보면 그 결과가 개연적이거나 필연적인 사건이야말로 두려움과 연민을 최고조로 조성할 수 있다고 본다. 그것을 그는 '놀라움 · 신기로움(영어로는 'the marvelous')'이라고 했다. 개연성 · 필연성이 없이 다만 우연하게 기대에 어긋나는 일은 끔찍한 사건일 뿐이고 비극적 효과(카타르시스)를 내지 못한다.

12) 미튀스 Mytis 동상 사건: 미튀스란 사람이 살해를 당해서 그의 동상이 아르고스라는 곳에 섰는데 그의 살해자가 그 동상을 쳐다보다가 우연히도 그 동상이 무너지는 바람에 거기 깔려 죽었다는 고사가 있다. 이런 경우 일반인들은 살해자가 죽은 것은 신의 섭리라고, 또는 미튀스의 원혼이 작용한 것이라고 해석할 것이다. 신의 섭리나 원혼을 믿지 않은 아리스토텔레스는 그것을 순전한 우연으로 돌리지만, 강력한 필연성이 있는 듯이 느껴지는 그런 사건이 대단한 극적 효과가 있음을 인정한다.

제10장

1) 단순한 플롯은 뒤바뀜과 깨달음이 없는 플롯이라고 하지만, 이는 극이 시작되기 이전에 이미 뒤바뀜과 깨달음이 일어난 이야기를 다룬 것이다. 극 자체는 그 사건의 '풀림'의 단계만을 다룬 까닭에 단순하게 된 것이다. 에우리피데스의 『트로야의 여인들』이 그 좋은 예가 될 것이다. 일반적으로 연극이 될 만한 이야깃거리는 그처럼 얽힘과 뒤바뀜 같은 요소, 오늘의 논의에서 말하는 '갈등 conflict'을 포함하는 것이어야 한다. 다만 구조상 그런 요소들이 작품의 밖에서 이미 발생한 것으로 다루어질 수 있다. 제18장에서 극의 시작 이전에 일어난 사건에 관하여 언급하고 있다. 실상 모든 비극은 극의 시작 이전에 많은 사건들이 일어난다. 단지 한 작품 안에서 모든 것이 발생하고 해결되는 경우는 거

의 없다. 비극적 플롯의 불가결한 요소들인 뒤바뀜과 깨달음에 대해서는 제6장에서 잠시 언급하였고 다음 제11장에서 자세히 설명한다.

제11장

1) 뒤바뀜 peripeteia · 깨달음 anagnorisis: 영어로 'reversal'과 'recognition'으로 옮겨지는 이 두 개념은 『시학』의 핵심들로서 아리스토텔레스의 놀라운 분석력이 돋보이는 개념들이다. 어떤 비극이든지 인생의 여러 갈등적 · 충돌적 · 역설적 사건과 상황들을 다루는 이상 이 요소를 제외할 수 없을 것이다. 뒤바뀜은 중심 인물의 기대와 의도에 완전히 어긋나는 사태의 진전을 말하는데, 이는 그 인물이 결정적 순간에 어떤 사실에 대한 무지에 직결된다. 오늘날의 우리는 인간의 본질적 무지 때문에 운명의 아이러니를 벗어날 수 없다는 의미의 실존주의적 비관론을 말하지만, 아리스토텔레스는 어디까지나 비극의 플롯 요건으로서의 뒤바뀜, 다시 말하면 행동 방향의 급격한 선회라는 의미의 뒤바뀜을 가리키고 있다. 뒤바뀜을 가져오는 사건은 그 결과의 엄청남에 비하여 아주 단순하고도 명백하다. 깨달음은 뒤바뀜에 따라 그 즉시, 또는 점차 생길 수 있다. 점차 생기는 경우 관객의 연민과 두려움이 가중될 수도 있을 것이다. 오이디푸스는 뒤바뀜이 발생하는 것을 알아차렸으나 자기가 요카스테의 아들이라는 사실까지 깨닫는 데에는 다시 얼마간의 시간이 필요했다(요카스테는 오이디푸스에 앞서 모든 사실을 깨닫고는 더 참을 수 없어 자결한다). 이처럼 한 작품 안에서 중심 인물에 따라 여러 차례의 뒤바뀜과 깨달음이 생길 수도 있다. 그러나 이 모든 사건들이 서로 논리적으로 치밀하게 연관되어 있어야 함은 물론이다. 모든 것이 엄정하게 논리적이어야 관객-독자의 놀라움이 극대화되는 것이다. 그러나 요카스테가 젊은 왕비 시절에 갓난아기에 대한 불길한 예언을 들었다는

것, 그래서 아이를 내다버렸다는 것 등등의 사건은 불합리하고 비이성적이었다. 이들을 극이 시작되기 훨씬 전인 아득한 시절에 일어난 것으로 설정했기 때문에 극 자체의 개연적 · 필연적 연결성에 손상을 끼치지 않는다고 아리스토텔레스는 본 것이다.

2) 『오이디푸스 왕』 『륑케우스Lynkeus』: 오이디푸스는 자기의 출생 사실을 밝혀주리라 기대했던 코린토스의 목자가 과연 그 사실을 밝혀주지만 그것은 자기가 기대했던 대로가 아니라 자기가 지금의 아내인 요카스테의 아들이라는 기괴한 사실을 밝히는 것이 되어버린다. 이는 완전한 '뒤바뀜'의 순간인 동시에 자기에 대한 완전히 새로운 '깨달음'의 순간이다. 대체로 뒤바뀜은 상황이 기대에 완전히 벗어나는 경우이고, 깨달음은 새로운 상황을 깨닫는 것이라기보다 주로 어떤 사람의 정체(원수 또는 친족)를 처음으로 깨닫는 것이다.

『륑케우스』는 아리스토텔레스의 친구인 테오덱테스Theodektes의 작품이지만 전하지 않는다. 다만 륑케우스에 관한 전설은 남아 있다. 다나오스라는 왕이 자기가 원치 않는 사위 륑케우스를 죽이라는 명령을 내렸는데 우여곡절 끝에 자기 자신이 죽임을 당한다고 한다. 이는 '뒤바뀜'의 좋은 예가 될 것이다. 아리스토텔레스는 오이디푸스의 경우처럼 뒤바뀜과 깨달음이 함께 발생하는 플롯을 최고라고 생각했다.

3) 오레스테스Orestes: 에우리피데스의 비극 『타우리 사람들 사이의 이피게네이아Iphigeneia he en Taurois』에서 스파르타의 왕자 오레스테스는 어머니를 죽인 죄값으로 타우리 나라의 아르테미스(달의 여신) 여신상을 훔치러 간다. 그는 외국인을 붙잡아 여신의 제물로 삼는 그곳의 풍속 때문에 잡혀 죽을 뻔했다가 오래전에 그 나라에서 아르테미스 여신의 사제가 되어 있는 누이동생 이피게네이아를 만나게 되어 서로 남매라는 사실을 깨닫고 이피게네이아의 계략으로 그 나라를 빠져나온다.

이는 친족끼리의 깨달음의 좋은 예가 된다. 이 극은 행복한 결말을 맺으므로 오늘날에는 희극의 범주에 넣겠지만, 아리스토텔레스는 이처럼 잘난 인물이 등장하고 두려움과 연민을 일으키는 심각한 내용의 극을 비극이라고 하였다.

어원상 'tragodia(영어로 'tragedy')'에는 '슬픔'의 요소가 안 들어 있다. '슬픈 연극'이란 의미의 '悲劇'은 동양인이 서양 용어를 그 어원대로 옮긴 것이 아니라 그 내용의 의미를 살려 옮긴 것이다. 서양에서도 그것이 '염소의 노래'라는 어원적 의미를 가진 낱말인 줄 모르는 채 쓰이고 있다.

4) 고통 pathos: 뒤바뀜과 깨달음과 합하여 또 하나의 비극적 요소가 된다. 뒤바뀜과 깨달음은 대개 심한 고통의 장면을 수반하든가 초래한다. 한편 이렇다 할 깨달음이나 뒤바뀜이 별로 없이 심한 고통의 연속을 보여주는 비극도 있다. 아마 에우리피데스의 『트로야 여인들』이 그 예가 될 듯하다. 그러나 행동과 직접 관계가 없는 정신적 · 심리적 고통, 고뇌는 아리스토텔레스가 말하는 비극의 요소가 되지 못한다. 그는 고통의 요소를 별로 중요하게 다루지 않았다.

제12장

1) 이 장은 아리스토텔레스가 쓴 부분이 아니라는 학설이 꽤 강하다. 당시의 연극 상연 관행을 모르는 우리는 이 부분이 사실을 그대로 말하는 것인지 아닌지 확실히 판단할 수 없다. 앞 장들에서 비극의 질적 요소 6가지를 말하고 여기서는 양적 부분 6가지를 말하고 있다.

2) 프롤로그 prologos는 극의 맨 처음 부분으로 합창대 choros(영어로는 'chorus')의 등장 이전에 음악 반주가 없이 배우 혼자 하는 대사로 이야기의 처음을 알리는 내용이었다. 에피소드 epeisodion는 오늘날의 막,

또는 장 같은 것으로 배우의 대사와 연기가 벌어지는 장면이었다. 하나의 에피소드가 끝나면 배우는 퇴장하고 곧 이어 합창대의 노래가 연주되었다. 이런 에피소드들이 여러 개 이어지면서 이야기가 전개되어 결말 직전에 이르는 것이다. 그러니까 에피소드들은 극의 중간을 이룬다. 엑소도스exodos는 극의 끝에 합창대가 퇴장하는 것을 이른다. 극의 이런 구조가 차차 굳어져서 로마 시대에 프롤로그에 해당하는 1막과 대개 3막으로 된 중간과 1막으로 된 엑소도스를 합하여 5막극의 규칙이 형성되었고 이를 르네상스와 신고전주의 시대에 철칙으로 따랐던 것이다. 셰익스피어는 단지 수십 개의 장면scenes만을 사용하였지만 그의 작품집을 편찬한 사람들은 거의 자의적으로 한 작품 전체를 5막acts으로 나누고 그 안에 장면들을 배당했다. 여기서 '막'이란 말은 19세기 말에 동양인이 유럽에서 'act'의 개념을 도입하면서 당시 무대의 막을 내리고 올리는 극장의 관행을 보고 사용하기 시작한 용어이다. 헬라 연극의 합창 부분은 오늘날의 막의 구실을 하는 동시에 경우에 따라 등장 인물과 수작을 주고받기도 하고 일반 백성 구실도 하며 사태에 대한 백성의 의견을 반영하기도 했고, 차차 연극적 역할이 줄어들면서 단지 '막간'을 이용하여 노래 한 마디로 흥을 돋우는 일을 하기도 했다고 한다. 합창대는 무대에 올라서지 않고 무대 바로 앞, 오늘날의 오케스트라에 자리를 잡고 좌우로 율동적으로 함께 움직이든가 정면을 향하여 합창을 했다. 파로도스parodos는 합창의 첫 부분이고, 스타시몬stasimon은 어떤 특정 운율을 사용하지 않는 합창을 말하며, 코모스kommos는 배우와 합창대가 같이 부르는 '탄식'의 노래라는데 이들에 대해서 알려진 것은 아주 적다. 그래서 대체로 불필요한 듯한 이 부분을 후세의 누가 삽입했을 거라는 설이 유력한 것이다.

제13장

1) 비극의 주인공으로서 부적당한 경우를 세 가지 들고 있다. 아주 선한 사람의 불행, 극히 악한 사람의 행복, 극히 악한 사람의 불행 세 경우는 모두 연민과 두려움(그리고 카타르시스)을 일으켜야 한다는 아리스토텔레스의 기준에 맞지 않는다. 물론 이것은 아리스토텔레스가 특히 좋아한 몇몇 헬라 비극을 모형으로 하여 만든 기준이다. 그러나 이 기준에 의하면 『타우리 사람들 사이의 이피게네이아』처럼 불행에서 행복으로 끝나는 심각한 '비극'은 제외된다. 바로 제11장에서 그 스스로 그런 극을 비극의 부류에 포함시켰다. 아리스토텔레스는 말없이 이런 종류의 비극에 대한 논의를 다음 장으로 미뤘다.

유럽의 중세에는 염세주의를 반영하여 세상의 부귀 영화를 누리던 사람이 불행으로 떨어지는 모든 이야기를 비극이라고 하였다. 조금 일찍 병으로, 또는 사고나 변고로 죽은 저명 인사는 '비극'의 주인공이 되었다.

2) 가장 알맞은 비극의 주인공은 당연히 아주 선하지도, 아주 악하지도 않은 사람일 수밖에 없다. 다만 그는 보통보다는 '잘난' 사람이어야 한다. 이 기준은 모방의 대상을 다루는 제4장에서 이미 천명한 바다. 그런 사람은 용기, 관용, 지능, 신분, 정직, 미모 등을 갖추어 상당히 잘났지만 성급함, 우직함, 교만함, 이기심, 야심, 독선 등의 약점을 얼마쯤씩 가지고 있는 사람이다. 이런 사람은 현실적으로 대체로 성공했고 지도력이 있으며 모범적인 '위인'들로서 주로 신화나 전설이나 옛 역사 이야기에 나오는 인물들이다. 근대 유럽에서는 신분제를 반영하여 비극의 주인공을 대부분 왕이나 높은 귀족으로 하였다.

3) 착오: 아주 썩 마음에 들지는 않지만, '하마르티아 hamartia'를 옮긴 말이다. 하마르티아는 본래 활쏘기에서 쓰던 말로 화살이 과녁에서 빗나

감을 뜻했다. 19세기의 부처 Butcher는 '오류 error 또는 약점 frailty'으로 옮겼는데 빅토리아 시대의 도덕주의적 경향을 엿볼 수 있다. 어떤 이는 이를 '비극적 결함 tragic flaw'으로 옮기기도 했다. 나아가 우나무노 Unamuno처럼 인간의 '실존적 비극성'을 말하기도 한다. 물론 아리스토텔레스는 그런 형이상학적 의미를 말하고 있지 않다. 분명한 것은 한 사람의 약점이나 결함은 그의 성격이 본래 지니고 있는 도덕적 결점을 뜻하지만, 화살이 과녁에서 빗나가는 것은 본래 활을 잘 쏘는 사람이 늘 저지르는 실수는 아니라는 것이다. 어떤 특별한 경우에, 이를테면 하필이면 궁술 대회에서 본의 아니게 저지른 아까운 실수이다. 보통의 경우라면 별 문제가 되지 않을 것이지만 그런 결정적 순간에 저지른 실수로 그는 그의 모든 것을, 명성 · 지위, 심지어 목숨까지도 잃게 된다. 따지고 보면 이 세상에서 모든 잘난 사람의 삶의 실패는 그처럼 결정적 순간의 착오, 판단의 오류, 잘못된 선택에 기인한다. 그래서 연민(참 아깝고 안됐다는 느낌)과 두려움(그런 엄청난 결과가 생기다니 나도 그럴까봐 두렵다는 느낌)을 일으키는 것이다. '하마르티아'는 어떤 비극적 행위의 뒤바뀜을 위해 필요한 요소이다. 그러므로 언제나 드러나 있는 개인의 특정한 약점(호색이나 탐욕이나 자만심, 우유부단 같은 성격적 · 도덕적 결함)은 하마르티아가 되지 않는다. 특히 주인공의 '자만심 hybris'이 바로 하마르티아라는 해석이 아직도 상당한 지지를 얻고 있지만 '자기 중심적 영웅의 웅장한 악덕'이라는 이것 역시 개인의 성격이지 순간의 착오나 실수를 빚어 비극적 행동의 전기를 마련하는 요인은 아니다. 오이디푸스나 햄릿이나 파우스트의 영웅적 자만심에 대한 찬탄은 근대적 정신사에 속하는 현상이다.

플라톤은 "시인과 산문 작가들이 사람에 대하여 매우 나쁜 말을 하는 까닭이라고 할 수 있소. 즉 못된 사람이 행복을 누린다는 이야기가 많고, 의로운 사람이 불행하다는 얘기도 허다하며, 나쁜 짓을 몰래 저지르면 이롭고, 공평은 남에게만 좋고 내게는 손해라는 등등의 나쁜 소리 말이오"라고 공격했는데 아리스토텔레스의 비극의 주인공의 기준(연민과 두려움, 하마르티아 등)은 이에 대한 간접적 응답이 될 것이다.

4) 튀에스테스Thyestes: 아트레우스Atreus 왕이 약속한 대로 그의 동생 튀에스테스에게 권력을 나누어주지 않자 튀에스테스는 복수하려고 형의 아내를 유혹했다. 형은 동생을 추방했다가 한참 후 다시 불러서 대접하는 척하고는 동생의 어린아이들을 죽여 요리를 만들어 먹였다. 동생은 달아나 형의 집안을 저주했다. 한편 그는 착각으로 자기 딸과 상관하여 아이기스토스Aegisthos라는 아들을 낳았다. 그후 아트레우스의 아들 아가멤논Agamemnon 왕이 헬라군의 총사령관이 되어 트로야로 출정한 사이에 아이기스토스는 자기 사촌인 아가멤논의 아내 클뤼타임네스트라Klytaimnestra를 유혹하여 같이 지내다가 아가멤논이 개선하고 돌아오자 살해한다. 그러자 아가멤논의 아들 오레스테스가 그 둘을 죽여 아버지의 원수를 갚는다. 그러나 그는 모친을 살해한 죄값을 치러야 한다. 이처럼 이 왕족 집안은 먼 조상 탄탈로스로부터 시작하여 펠롭스, 아트레우스, 아가멤논, 오레스테스에 이르기까지 가족 간의 극악한 죄를 저질러 대대로 저주를 받은 것으로 되어 있다. 자연적으로 이 전설적 집안 이야기는 많은 문학 작품의 소재가 되었다. 로마 시대에 세네카가 쓴 『튀에스테스』가 남아 있다.

5) 알크마에온Alkmaeon, 멜레아그로스Meleagros, 텔레포스Telephos 등은 모두 헬라 전설의 인물들. 알크마에온 왕자는 아버지의 명령으로 친어머니 에리퓔레Eriphyle를 살해한 죄로 쫓겨다니다가 먼 나라의 공주와 결혼하여 자기가 가지고 있던 마술 목걸이를 주었다. 그런데 그 나라가 황폐하게 되어 또 방랑하다가 다른 나라의 공주와 다시 결혼했는

데 그 공주가 그 목걸이를 달라고 해서, 그것을 몰래 빼내오다가 그 나라 왕자들에게 살해당한다. 후에 알크마에온의 아들들이 그들을 죽여 아버지의 원수를 갚고 그 목걸이는 아폴론 신전에 바친다. 왕자 멜레아그로스는 어떤 불꽃이 꺼지지만 않으면 죽지 않고 사는 운명을 타고났는데, 어느 날 실수로 자기 외삼촌들을 죽인다. 그것을 안 어머니가 홧김에 그 불꽃을 내던져 꺼지게 하여 죽었다는 이야기의 주인공이다. 텔레포스 왕은 헬라군의 영웅 아킬레우스에게 당한 부상을 고치려면 아킬레우스를 찾아가 그의 창에 있는 녹을 발라야 한다고 해서 그렇게 하여 나았는데 우연히 자기 삼촌들을 죽인 사람이다.

이 모든 이야기가 모두 왕가에서 벌어지는 끔찍한 사건들인데 기이하게도 헬라 신화에서는 그런 일들이 대부분 악명 높은 몇몇 집안에서 대대로 벌어진다. 플라톤은 그런 극악한 내용의 이야기를 다루는 비극을 시민의 정신 건강상 절대로 용납할 수 없었다. 아리스토텔레스 시대 이전의 시인들은 아무 이야기나 다루었지만 그의 시대에는 '모방 기술자' 즉 시인들은 이 몇 가지 신화를 계속하여 집중적으로 다뤘다. 그 이야기들이 큰 비극적 효과를 낸다는 것을 발견했던 까닭이다. 이에 대해서는 다음 장에서 잘 설명하고 있다.

다만 그런 이야기들은 널리 알려져 있었던 까닭에 이야기 줄거리를 다소 바꾸는 데에도 제한이 있었으므로 자연히 시인은 플롯을 잘 짜고 배우가 연기를 잘해야 하는 연극의 성숙 단계에 도달하였다. 즉 연극은 시 창작 기술과 연기에 거의 철저히 의존하게 되었다. 그래서 후배 작가 아가톤은 스스로 이야기를 창작하여 플롯을 잘 짰고 아리스토텔레스도 이를 좋게 보았던 것이다.

6) 에우리피데스: 아리스토텔레스는 주로 소포클레스의 비극을 그의 논의의 준거로 삼고 있으나 관객의 한 사람으로서는 에우리피데스를 무척

좋아했던 것이 분명하다. 에우리피데스는 소포클레스처럼 중후하다기 보다는 두려움과 연민의 감정을 최고조로 고취하는 이른바 센세이셔널리즘 작가였다. 이 점을 가리켜 아리스토텔레스는 '가장 비극적'이라고 했다. 에우리피데스의 극들이 주인공의 불행으로 끝난다는 것은 아리스토텔레스의 이론상 올바른 구조이며 합당한 효과를 낸다. 처절한 비극의 끝을 일반 관객들은 너무하다고 안 좋아했을 수도 있다. 이제나저제나 일반 관객은 처참한 비극으로 끝날 뻔했다가 행복한 결말로 끝나는 극을 좋아하는데 실제로 아리스토텔레스도 (작품만 잘되었다면) 그런 것 같다. 다음 제14장을 보라.

7) 이중적 구조: 아리스토텔레스는 다소 놀랍게 『오뒤세이아』라는 서사시를 '이중적 구조'를 가진 것으로 보았다. 이중적 구조란 바로 이어서 설명되듯이 인물들 중 한 쪽은 불행에서 행복으로, 다른 한 쪽은 행복에서 불행으로 변하는 과정이 동시에 벌어지는 구조를 말한다. 『오뒤세이아』에서 오뒤세우스는 불행한 상태에서 헤매다가 마침내 고국에 돌아와 적들을 모두 죽이고 행복을 찾게 된다. 동시에 오뒤세우스가 집을 떠나 돌아오지 않아 죽은 것으로 추정되는 동안 인근의 귀족들이 그의 집에 몰려들어 그의 아내 페넬로페에게 청혼하고 그 집에서 먹고 마시며 그 집 재물을 마구 쓰다가 돌아온 오뒤세우스에게 몰살을 당하니까 행복에서 불행의 나락으로 떨어진다. 오늘날의 우리에게는 그 무뢰한들의 불행은 마땅하게만 느껴지는데 아리스토텔레스는 이론상 이를 불행-행복, 행복-불행의 이중 구조로 보는 것이다. 더욱이 그 무뢰한들의 이야기가 독립적인 이야기를 이룰 만큼 지속적인 구조를 이루고 있지도 않다. 그런 이중 구조라면 셰익스피어의 『베니스의 상인』에서 샤일록(행복—불행)과 안토니오(불행—행복)의 상반된 운수가 더 합당한 예가 될 것이다.

당시 관객들도 오늘날과 같이 잘난 사람이 우여곡절 끝에 행복해지는 형식의 '비극'을 원했던 것 같다. 이를 아리스토텔레스는 일반 관객의 수준이 낮아서 그런다고 보고 있다. 실상 잘난 사람이 어떤 착오로 엄청난 불행에 빠지는 이야기는 어떤 관객이라도 쉽게 참아내지 못하며 주인공의 불행보다는 행복으로 끝나는 이야기를 선호한다. 그래서 18세기에 한 작가가 셰익스피어의 『리어 왕』을 개작하여 효성이 지극한 막내딸 코딜리아가 드디어 못된 언니들과의 전쟁에서 승리하고 아버지를 복위시켜 충신과 행복하게 재혼하여 잘산다는 내용으로 바꿨는데 이 개작판이 100여 년 간 버젓이 셰익스피어 작 『리어 왕』이라는 이름으로 무대에 올려졌다. 그런데 원래 셰익스피어가 이 극의 소재로 삼은 전설에는 코딜리아가 승리하여 아버지에게 나라를 되찾아주는 것으로 되어 있는데 그는 그 이야기가 비극이 되기 위해서는 모든 악당들과 함께 효녀 코딜리아도, 리어 왕도 죽어야 한다고 보았다. 그래서 우여곡절 끝에 '해피엔딩'으로 끝나는 내용을 철저한 비극으로 만들었던 것이다.

8) 오레스테스와 아이기스토스: 앞의 주석 4 튀에스테스의 내력에서 설명했다. 오레스테스는 아버지를 죽인 아이기스토스를 죽여 원수를 갚지만 동시에 아이기스토스의 정부인 그의 어머니 클뤼타임네스트라까지 죽이는 죄를 짓는다. 희극에서는 이 두 철천지원수가 어찌어찌해서 서로 화해하여 친구가 되는 것으로 꾸밀 수도 있다. 이것은 개연성에 어긋나므로 올바른 모방이 되지 못한다. 그런 희극은 비극에 비하여 훨씬 열등하다고 아리스토텔레스는 생각했다.

제14장

1) 시각적 장치: 앞서 언급한 바와 같이 시각에 호소하는 장치 중 가장 관객의 눈에 띄는 것은 배우가 쓴 탈이고 다음으로 의상이었다. 그리고

나중에 더해진 것으로 약간의 소도구와 벽에 기대어 세워놓은 그림판이었다. 연극에서 이런 볼거리가 굉장하여 관객의 시선을 끌어당기면 연극의 대사는 귀에 잘 들어오지 않는다. 게다가 배우가 연기를 아주 잘해서 관객의 큰 반응을 일으켰다면 극작가의 중요성은 아주 줄어든다. 진정한 연극은 읽어보아서, 또는 읽는 것을 들어서 연민과 두려움, 그리고 그 카타르시스의 즐거움(이것이 비극에 합당한 즐거움이다)을 주는 것이어야 한다.

2) 친척이나 친구 관계: 아리스토텔레스는 연민과 두려움이 최고조로 조성되는 비극은 친척 간에 벌어지는 이야기라고 말한다. 실제로 가장 비극적인 작품들은 대개 친척 간에 모르고 저지르거나 저지를 뻔하는 내용을 담고 있다. 고대 헬라 시대의 가족 의식이 남다른 바 있었던 것 같다.

그러나 원수 관계에서는 연민과 두려움이 생길 수 없다는 아리스토텔레스의 말은 틀린 듯하다. 에우리피데스의 『트로야 여인들』이나 『일리아스』에서 아킬레우스가 적장 헥토르를 추격하여 죽이는 것은 원수들 사이에 벌어지는 비극이다. 이는 '갈등 conflict'의 개념을 도입하면 상당히 쉽게 설명될 수 있는 양상이지만 아리스토텔레스는 그 개념을 언급한 일이 없다. 비극적 갈등 역시 근대에 개발된 개념이다.

3) 메데이아 Medeia: 에우리피데스의 같은 이름의 비극의 여주인공. 남편에게 배반당하자 그와의 사이에서 나은 아이들을 죽여 남편에게 복수를 하고 마술을 부려 요술 마차를 불러 타고 하늘로 유유히 날아가버린다. 끔찍하고 선정적인 연극이다. 이 비극에서 주인공은 죽지 않는다.

4) 아스튀다마스 Astydamas는 4세기에 비극을 많이 지었다고 하나 지금은 전하지 않는다. 전설에는 알크마에온이 아버지의 명령을 따라 어머니 에리필레를 죽였으나 아스튀다마스의 비극에서는 어머니인 줄 알지 못하고 죽인 것으로 꾸몄던 모양이다.

5) 『부상당한 오뒤세우스』: 지금 파편만이 남아 있는 소포클레스의 비극이다. 오뒤세우스가 방랑 중에 마녀 키르케와의 사이에 낳은 아들 텔레고노스Telegonos가 아버지를 찾아왔는데 부자가 서로 알아보지 못하고 싸우다가 아버지에게 치명적 상처를 입힌다는 내용이다.

6) 『안티고네 Antigone』: 소포클레스의 이 비극에서 오이디푸스의 딸 안티고네가 크레온 왕의 명령을 거역하고 반역자 오빠의 시신을 묻어주려고 하다가 생매장을 당하는 벌을 받게 되었는데 그녀를 사랑하는 크레온의 아들 하에몬이 아버지를 죽이려다가 말고 자살한다. 아리스토텔레스는 알면서 자기 친족을 죽이든가 죽이려 하는 것은 도덕적으로 불쾌하다고, 즉 비극적이 못 된다고 보았다. 무엇보다도 그것은 비극의 요건인 (가족임을) '깨달음'이 아닌 까닭이다. 그러나 이 장면은 이 극의 아주 작은 부분에 불과하다. 『메데이아』에서도 어머니가 남편에게 앙갚음하기 위하여 자기네 아이들을 알면서 죽인다. 연민과 두려움보다는 분개심과 참혹감이 생긴다.

7) 제13~14장의 외형적 모순: 이론상 아주 큰 문제가 발생하는 듯하다. 아리스토텔레스는 바로 앞 제13장에서 잘난 사람이 행복에서 불행으로 변하는 것이 비극이라고 했는데 바로 다음 장인 여기 14장에서는 위기의 순간에 '깨달음'이 있어 친족끼리 죽이는 끔찍한 불행을 모면하는 것, 다시 말하면 불행에서 행복으로 바뀌는 것이 가장 바람직한 비극이라고 하는 것이다. 이런 문제점 때문에 어떤 학자들은 아리스토텔레스가 『시학』의 초고를 대강 작성하고는 자세히 추고하지 않은 것 같다고 한다.

그러나 이에 대해서는 이미 7장에서 언급된 것을 우리는 기억하며, 13·14장을 읽는 우리는 두 장의 논지가 다 타당하다고 느낄 수 있다. 확실히 13장에서 말하듯 일반적 비극은 중심 인물의 운수가 행복에서 불행으로 변하는 이야기이다. 그리고 그러한 비극에서 '뒤바뀜'과 '깨달음'이 매우 큰 효과를 낸다는 것도 사실이다. 그러나 한편 가장 효과적인 '깨달음'은 좋은 사람들끼리(친족끼리) 서로 죽일 뻔했다가 일촉즉발의 순간에 '깨닫는 것'이다. 이런 비극이 바로 아리스토텔레스가 '가장 비극적'이라고 칭찬한 에우리피데스가 지은 『타우리 사람들 사이의 이피게네이아』이다. 에우리피데스는 선정적 작품을 많이 썼지만 이런 우수작도 썼다고 보는 것이다. 그러니까 아리스토텔레스는 소포클레스의 『오이디푸스 왕』과 에우리피데스의 이 작품을 가장 잘된 비극의 두 본보기로 내세우는 셈이다.

하기는 오이디푸스가 길을 안 비켜준다고 성을 내는 어떤 사람을 죽이기 직전에 그게 바로 자기 아버지라는 사실을 '깨달았다면' 지금 우리가 아는 『오이디푸스 왕』이라는 비극은 없을 테지만 한편 그 이야기를 다루는 『타우리 사람들 사이의 이피게네이아』 같은 또 다른 심각한 '비극'이 생길 수도 있었을 것이다. 그런데 셰익스피어는 『리어 왕』에서 전설의 내용을 바꾸어 코딜리아가 구원받을 수 있기 직전에 처형을 당하게 만들어 비창감을 한껏 올리기도 했다. 이러한 처리를 아리스토텔레스는 어떻게 평했을까?

8) 『크레스폰테스 Kresphontes』: 지금 전하지 않는 에우리피데스의 비극이다. 아버지의 원수를 갚으려고 변장하고 온 아들을 도리어 아들을 죽인 자로 오인하고 그가 잠든 사이에 어머니 메로페 Merope가 죽이려고 하는 찰나, 그 사정을 아는 사람이 도착해 알려줘서 모자가 상봉하는 '깨달음'이 발생한다고 한다. 아리스토텔레스가 좋아할 플롯 구조이다.

9) 『헬레 Helle』: 전혀 알려지지 않은 극이다. 어머니를 죽일 뻔했다가 진실을 '깨닫는' 플롯인 듯하다.

10) 비극적 소재의 드묾과 작품의 가치: 아리스토텔레스가 이론상 또한 관

객의 입장에서 가장 좋아한 헬라 비극들은 몇몇 가문의 가족 간에 얽힌 끔찍한 이야기를 두고두고 다룬 것인데 아리스토텔레스는 두 갈래 마음이었던 듯하다. 기술만 있으면 어떤 소재든지 최고의 작품을 만들 수 있다는 이론적인 생각과 또한 당시 비극 작품들이 보여주듯 기존의 적합한 소재를 기술적으로 잘 다룰 때 최고의 작품을 만들 수 있다는 실제적인 생각이 병행했던 것 같다. 소재는 기술에 완전히 종속되는 것인가? 또는 대리석의 조각가는 화강석의 조각가보다 더 우수한 작품을 만들 수 있는 유리한 입장에 있다고 할 수 있지 않은가? 똑같이 잘 만든 금동여래상과 청동여래상의 가치 차이는 금값 때문에 생기는가, 또는 재료의 본질적 질 때문인가?

제15장

1) 성격 ethos: 앞 장에서 플롯을 다루고는 여기서 갑자기 앞에서 다룬 성격을 다시 화제로 삼고 있어 약간 당황스럽다. 바로 다음 장에서 플롯에 관한 논의가 다시 이어진다. 그래서 이 장의 위치가 뒤바뀐 것이라는 설이 있다. 성격은 오늘날의 '개인성' '개별성'과는 다른 개념이다. 인물의 도덕적 성품으로서 이성적 설명이 가능한 요소이므로 개연성 내지 필연성에 맞게 구현되어야 함은 물론이다. 비극적 인물의 성격은 보통 사람보다 도덕적으로 돋보이는 데가 있어야 한다.

2) 여자와 노예: 아리스토텔레스를 포함하여 당시 사람들은 여자는 남자에 비해 열등하다고 보았으며 노예는 더욱 그렇다고 보았다. 아리스토텔레스의 『정치학』에 보면 "남성은 자연적으로 여성보다 우월하다"(1259b3)고 하였고 "노예가 절제 · 용기 · 정의 따위의 덕을 가질 수 있는지 의문이다"(1259b24)고 했으며, "여자와 아이들이 절제력이 있고 용감하고 정의롭다고 할 수 있는가?"(1259b31)고 반문했다. 그러나 안

티고네나 엘렉트라 같은 여자가 남자보다 도덕적으로 열등하다고는 할 수 없다. 비극 작가들이 가끔 지배적 윤리관에서 벗어났다고 할 수 있을지 모른다. 다만 그들의 비극 작품에는 진짜 노예가 주인공으로 나오는 일은 없다.

3) 인물의 적합함: 여기서 아리스토텔레스는 여자는 여자처럼, 노예는 노예처럼 구현해야 함을 말하고 있다. 마찬가지로 왕은 왕답고, 장군은 장군답고, 어머니는 어머니다워야 한다. 용감하고 지혜로운 노예가 있다고 해도 심각한 극의 주인공이 될 수 없는 것은 그것은 예외적이므로 개연성을 가지지 못하기 때문이다. 이 요건이 로마 시대에 '어울림 decorum'의 규칙으로 굳어졌다고 할 수 있다. 어울림이란 사회적으로 널리 인지되는 인물의 전형에 어울리게 인물을 묘사해야 한다는 규칙이다. 군인은 군인답게, 학자는 학자답게, 도둑은 도둑답게 언행을 하는 것으로 묘사해야 한다. 이 요건은 17, 8세기 유럽 문학에서 가장 상식적인 성격 구현 방법이 되었고, 20세기에 들어와서도 개인성 · 개별성을 반대하는 사회주의 리얼리즘에서는 노동자, 반동 분자, 혁명가 등의 '전형'의 제시를 요청하였다.

4) 『오레스테스 Orestes』는 에우리피데스가 408년에 발표한 작품이다. 오레스테스는 아버지를 죽인 어머니를 살해하여 원수를 갚은 죄로 쫓기는 몸이어서 삼촌인 메넬라오스에게 도움을 청했으나 거절당한다. 메넬라오스는 자기의 처인 헬렌을 다시 찾아주려고 전쟁에 나갔던 형 아가멤논의 복수를 한 조카 오레스테스를 민중이 두려워 오히려 해치려고 한다. 메넬라오스는 못난 왕의 본보기로 되어 있다. 『오레스테스』에 나오는 메넬라오스는 극의 진행상 없어도 될 '불필요한 인물'이기도 하다는 것이 학자들의 중론이다.

5) 『스킬라 Skylla』는 티모테오스 Timotheos라는 디튀람보스 작가의 작품으

로 알려져 있다. 스퀼라는 지나가는 뱃군들을 잡아먹는 괴물인데 오뒤세우스는 지략과 용맹으로 그 위험을 모면한다는 것이 전설이지만 이 작품에서는 오뒤세우스의 성격을 잘못 그린 것으로 비판되고 있다.

6) 멜라니페 Melanippe는 에우리피데스의 『현명한 여자 멜라니페』(극히 일부만 전함)에 등장하는 인물인데 그녀의 말이 그녀의 성격에 어울리지 않는다는 것이다.

7) 『아울리스의 이피게네이아 Iphigeneia he en Aulidi』는 에우리피데스의 비극으로 미완성작이었는데 그의 아들이 완성한 것으로 알려졌다. 비운의 공주 이피게네이아가 처음 등장할 때에는 겁에 질린 겁쟁이더니 나중에는 나라를 위해 자기를 희생하려는 영웅이 되는 것은 성격의 일관성이 모자란다는 평이다. 더욱이 배우가 쓴 탈은 변함이 없는데 성격이 변한 것을 나타내기는 어려울 것이다.

8) 『메데이아』는 끔찍한 일을 저지른 메데이아가 마술을 부려 하늘 마차를 타고 떠나는 초자연적인 장면으로 끝난다. 『일리아스』 2권에는 아테나이 여신이 나타나 전쟁을 포기하고 달아나려는 헬라 군대를 다시 수습하라고 오뒤세우스에게 이른다. 이처럼 신이 나타나 이야기 흐름에 직접 개입하거나 얽힌 이야기를 초자연적 힘으로 해결하는 방식을 아리스토텔레스는 비판하고 있다(그는 호메로스를 극구 칭찬하지만 결함마저 변명해주는 것은 아니다). 우선 이런 해결 방식은 개연성이 모자란다. 플롯은 개연 또는 필연에 의하여 모든 행동을 서로 연결시켜 얽고서 끝에 가서는 모두 해결하여 마무리하는 것이 옳고, 플롯과 직접 관계가 없는 초자연적 · 외부적 세력의 개입에 해결을 맡겨서는 안 된다고 본 것이다. 우연에 의한 해결도 마찬가지로 불합리하다. 라틴어로 이런 엉뚱한 '해결사'를 '무대 장치에서 불쑥 나타난 신 deus ex machina'이라고 했다. 그런 효과를 연출하기 위하여 신의 모습이나 음성이 불쑥 나

타나게 하는 장치를 무대 위에 세워두었다고 한다. 이런 무대 기술은 연극의 질과 상관없이 관객에게 놀라움과 재미를 더해줄 수도 있었을 것이다. 오늘날에도 통속 문학에서는 이러한 '해결사'가 여러 형태로 개입하여 이야기를 마무리하는 경우가 흔하다. 길게 이어지던 소설을 끝내기 위해서 주인공이 갑자기 교통 사고로 죽는 것으로 꾸민 경우(아무도 항거할 수 없는 우연)가 그런 것이다.

9) 그림과의 대비: 초상화가는 대상을 실제보다 더 잘나게 그리는 것이 보통이다. 이는 화가가 무엇이 더 잘난 모습인지를, 즉 실제와 관련을 가지면서도 어떤 것이 이상형인지를 안다는 것을 말한다. 헬라 최고의 화가 제욱시스Zeuxis는 미인 헬렌을 그리기 위해 아테나이의 최고 미인 다섯 명을 데려다 놓고 각자에게서 가장 아름다운 점들을 따서 최고 미인의 모습을 만들었다고 한다. 플라톤은 화가가 단지 눈에 보이는 것을 모사하는 재주밖에 없다고 했으나, 헬라 사람들은 일반적으로 우수한 화가는 제욱시스처럼 여러 구체적 사례들로부터 '아름다움'의 이상(이데아)을 추출할 수 있다고 믿었다. 아리스토텔레스는 아름다움이라는 초월적 이데아가 따로 존재하는 것이 아니라 많은 구체적 사실들 중에 보편적으로 내재한다고 보았다. 우수한 화가뿐 아니라 시인도 바로 그 보편성을 '모방'할 수 있다.

10) 여러 저서: 지금은 전하지 않는다. 대화 형식의 『시인론Peri Poieton』이 아주 적은 파편으로 남아 있을 뿐이다.

第16장

1) 제11장에서 깨달음을 설명하고서 성격을 다루는 이 부분에서 느닷없이 플롯의 요소인 깨달음을 다시 논하고 있다. 논리상으로는 사고력에 대한 논의가 뒤이어져야 옳다. 그리고 유독 깨달음의 여러 형태를 나열하

면서 지금은 전하지 않는 여러 작품을 예로 들어 상당히 이채롭다. 그러나 그 예들이 모두 아주 적절하지도 않다는 인상이다. 뒤바뀜이나 하마르티아에 관해서도 이 같은 설명이 있었다면 좋았을 것이다. 이 장 역시 대강 적어놓은 강의안 같은 냄새가 난다.

2) "이 땅에 태어난……": 지금 전하지 않는 어떤 비극의 일절로 창 자국이 단서가 되어 깨달음이 이뤄지는 경우인 듯하다. 카르키노스Karkinos는 4세기의 비극 작가로 『튀에스테스』란 작품을 썼는데 전설에 의하면 튀에스테스는 자기 아들을 어깨에 있는 별 모양의 점으로 알아본다.

3) 목걸이: 무슨 사정이 있어 아이를 내다 버릴 때 요람이나 요 속에 목걸이 따위를 함께 넣어 출생 사실을 알리는 징표로 삼았다는 이야기가 흔했다. 가장 쉬운 깨달음의 방식이다.

4) 『튀로 Tyro』: 파편만이 남아 있는 소포클레스의 비극이다. 전설에 의하면 튀로가 몰래 나은 어린 아들들을 어떤 배에 띄워 보냈는데 나중에 그 배가 징표가 되어 장성한 아들들을 알아본다.

5) 오뒤세우스는 방랑 끝에 혼자 고향 이타카 왕국으로 찾아왔으나 신변에 위험을 느껴 변장을 하였다. 그러나 그의 발을 씻기던 늙은 유모가 발에 있는 상처를 보고 그를 알아본다. 다음에 그는 그의 충복이던 돼지치기와 소치기에게 자기 상처를 보여주어 자기의 정체를 알린다. 깨달음의 방식이 조금씩 다르다. 이 깨달음이 있은 다음 오뒤세우스가 승리하는 뒤바뀜이 생긴다. 『오뒤세이아』 19권을 참조.

6) 에우리피데스의 『타우리 사람들 사이의 이피게네이아』에서 오레스테스는 누이동생 이피게네이아에게 둘이 같이 지내던 옛일을 이것저것 말해주어 자기가 그의 오빠임을 알리려 한다. 아리스토텔레스는 오레스테스의 옛날이야기가 플롯과는 상관이 없는 것인데 관객에게 경위를 알려주기 위해 꾸며 넣은 것이라 극의 구성상 어울리지 않는다고 비판한다.

7) 『테레우스 Tereus』: 파편만 전하는 소포클레스의 비극이다. 전설에 의하면 테레우스 왕이 처제를 강간하고는 비밀을 지키게 하기 위해 그녀의 혀를 잘라낸다. 그녀는 베틀로 천을 짜면서 자기가 당한 광경을 무늬로 놓아 언니에게 알린다. 북이 왔다갔다 하며 이야기를 무늬 놓은 것을 '소리를 낸 것'으로 표현하고 있다.

8) 디카이오게네스 Dikaiogenes: 5세기 후반의 비극 작가로 『퀴프리오에 Kyprioe』는 전하지 않는다.

9) 오뒤세우스는 방랑 중에 한곳에서 우연히 트로야 전쟁에서 자기가 한 일을 현금 반주에 맞춰 노래하는 것을 듣고는 눈물이 절로 나더란 말을 알키노우스 Alkinous 왕에게 한다. 이 경우 상대방이 누구라는 알키노우스의 깨달음이 생겼다. 『오뒤세이아』 8권을 참조.

10) 『제주를 바치는 여인들 Koephoroe』: 아이스퀼로스의 3부작 『오레스테이아 Oresteia』의 제2부다. 오레스테스가 멀리 도망쳐 있다가 아버지를 죽인 아이기스토스와 어머니 클뤼타임네스트라를 죽이려고 몰래 돌아와 누이동생 엘렉트라에게 자기 정체를 알리기 위해 누이의 것과 비슷한 자기 머리카락 한 뭉치를 아버지 무덤 위에 놓는다.

11) 폴뤼이도스 Polyidos는 잘 알려지지 않은 사람이다.

12) 테오덱테스 Theodektes는 아리스토텔레스의 친구로 수사학자요 비극 작가였는데 그의 『튀데우스 Tydeus』는 전하지 않는다.

13) 『피네이다이 Phineidai』: 작자와 내용이 전하지 않는다.

14) 『거짓 소식 전하는 오뒤세우스』는 지금 전하지 않는 작품. 그래서 『시학』의 이 부분의 뜻이 무엇인지 바로 알 수 없다.

15) 에우리피데스의 『타우리 사람들 사이의 이피게네이아』에서 이피게네이아는 포로로 잡혀 희생 제물이 될 두 헬라 사람 중 한 명을 살려 몰래 오빠 오레스테스에게 보내는 편지를 암기시켜 보내려 한다. 바로 그 사

람이 오레스테스였으므로 그는 깨달음이 생긴다.

제17장

1) 이 장은 이론적 논의라기보다 창작의 실제 방법과 창작의 심리적 측면을 다루어 이채롭다. 본격 수사학자나 호라티우스의 『시의 기술』과 아주 비슷하다. 후세의 습작 시인들에게는 오히려 실질적 도움이 되었을 만한 부분이다.

2) 카르키노스Karkinos는 알 수 없는 이름이다. 그가 소재로 삼은 전설에 의하면 에리퓔레 Eriphyle가 뇌물을 받고 남편 암피아라오스 Amphiaraos를 반란군의 일원이 되도록 설득하였는데 남편은 예언자라 자기가 반란군에 가담하면 죽을 것을 알고 있었다. 그래서 아들 알크마에온에게 어머니를 죽여 자기 원수를 갚게 했다(알크마에온에 대해서는 제13장의 주석 5 참조). 카르키노스의 비극을 공연하자 아마 모순이 뚜렷이 드러났던 듯하다. 무리없이 읽히는 극도 공연하면 모순점이 드러나는 경우가 적지 않다. 그 반대도 물론 있다. 무대 위에서 죽고 죽이는 장면을 피하라는 충고도 직접 보는 것과 듣기만 하는 것의 차이가 엄청나다는 사실을 반영한다. 여기서도 아리스토텔레스는 연극 작품 자체가 개연성 · 필연성을 잃지 않아야 한다는 근본 원칙을 강조한다.

3) "남을 감동시키고자 하는 사람은 스스로 감동하고 있어야 한다"는 말은 본래 수사학의 기본 원칙 중의 하나였다. 자기 자신의 진실성이 없이 남을 설득하려 한다는 것은 우선 부도덕한 짓이라고 하였다. 여기서 수사학과 윤리학은 서로 연결을 짓는다고 보았다. 그러나 그 둘은 현실적으로 쉽게 분리되었다. 남을 속이는 기술도 수사학의 기술인 것이다. 비극 작가가 자기가 지어낸 인물의 행동을 직접 흉내내어 보아야 한다는 말은 아마도 당시의 극작의 관행을 반영한 말인 듯하다. 셰익스피어

도 그랬지만 고대 헬라에서는 작가가 공연에 직접 참가하기도 했다. 한 가지 중요한 사실은 아무리 강력한 감정이라도 그것은 인물의 감정이지 비극 시인 자신의 것이 아니다. 즉 비극 시인은 자기의 감정을 표현하는 사람이 아니라 인물의 감정을 모방하는 사람이다. 이 역시 근대적 관념과 아주 다르다.

4) 편집광 maikos(영어로 'manic')과 시인: 해석의 논란이 많은 구절이다. 원문 자체는 "그런 까닭에 시는 천재 또는 광인의 작품이다. 천재는 타고난 능력대로 적응할 수 있으나 광인은 제정신이 아니다"라고 되어 있다. 이 구절의 앞부분만 보면 아리스토텔레스가 시인을 천재 아니면 광인으로 보고 있다는 말이 되는데 이는 『시학』의 근본 전제와 어긋나며 그의 철학에도 어긋난다. 더욱이 그 뒷부분은 매우 아리송하다. 뒷부분에서 확실히 아리스토텔레스는 천재, 즉 우수한 능력을 타고난 사람은 적응력이 강하여 모든 인물의 성격을 바로 파악하고 자신을 투영할 수 있지만 광인은 완전히 자기를 잊어버린다는 말을 하고 있다. 당시에 시인은 일종의 광인, 또는 갑자기 접신하여 자기도 모르는 사이에 시를 읊어내는 사람으로 보는 관점이 널리 퍼져 있었고, 바로 그 까닭으로 플라톤은 『이온』에서 시인의 정상적인 인식 능력을 의심했지만, 아리스토텔레스가 그런 관점을 수용했을 리는 없다는 것이 오늘날 일치된 의견이다. 그는 일부 소피스트나 시인들의 주장을 언급하면서 곧 자기의 의견을 앞세운다. 그는 시를 이성적 · 합리적 정신의 산물로 보고자 『시학』을 썼다.

그러나 시인의 '광증'에 오히려 큰 비중을 두었던 낭만주의자들에게 아리스토텔레스의 이 구절은 그와는 전혀 다르게 해석되기 십상이었다. 19세기 말의 저명한 고전학자 바이워터 Bywater는 "그러므로 시는 특별한 천부적인 능력이 있는 사람이나 또는 미친 기운이 있는 사람을 필요로 한다. 전자는 필요한 성격을 쉽게 취할 수 있으며, 후자는 실제로 감정에 휩쓸려 제정신을 잃는다"(p. 245)라고 번역했다. 부처Butcher 역시 "그러므로 시는 행복한 자연적 천분이나 광기를 내포한다. 전자의 경우에 시인은 어떤 성격의 형상이든지 취할 수 있으며, 후자의 경우 시인은 자기 자신으로부터 벗어난다"(p. 63)라고 옮겼다. 둘 다 시는 상상력이 풍부한 우수한 사람이 아니면 제정신을 잃은 미친 사람이 짓는 것이라고 해석했다.

5) 이피게네이아Iphigeneia: 아가멤논 왕은 트로야 전쟁 출정에 앞서 딸 이피게네이아를 제물로 바쳐야 승리할 것이라는 예언이 있어 하는 수 없이 헬라의 장군 아킬레우스와 결혼시킨다고 꾀어 내어 제물로 바치려 한다. 그때 갑자기 달의 여신 아르테미스가 나타나 이피게네이아 대신 사슴을 죽이게 하고 그녀를 탈취하여(여기까지가 『아울리스의 이피게네이아』의 내용이다) 아주 먼 타우리 나라로 데려가 여사제로 삼는다. 그곳에서는 이방인이 오기만 하면 죽여 제물로 삼는 풍습이 있는데 그녀의 오빠 오레스테스가 아폴론 신의 분부로 아르테미스 신상을 빼어오게 되어 그 나라에 갔다가 붙잡혀 제물이 될 뻔했다가 남매가 서로 알아보게 되어 그곳을 도망쳐 나온다.

6) 폴뤼이도스: 제16장에서 언급한 대로 잘 알려지지 않은 사람이다.

7) 오레스테스는 어머니를 죽인 죄값을 치르기 위해 아폴론 신의 명을 받아 아르테미스 여신상을 훔쳐오려고 타우리 나라로 갔다가 광증이 발작하여 체포된다. 남매가 그 나라를 탈출하기 위해 오레스테스가 부정하므로 신상의 정화 의식을 거친다. 광증의 발작, 정화 의식 등은 극의 전개에 필요한 에피소드들이다. 오뒤세우스는 바다의 신 포세이돈의 노염을 사서 10년이나 고향에 못 돌아오고, 고향에서는 오뒤세우스가 죽었다고 믿는 한량들이 그의 아내 페넬로페에게 청혼하면서 그의 집에 들

어와 먹고 마시며 지낸다. 몰래 돌아온 그는 소수의 심복에게만 자기 정체를 밝히고 그들을 모두 죽인다. 이런 기본 플롯 이외에 여러 이야기들은 삽입된 에피소드들이다. 서사시는 이와 같은 에피소드들이 많으므로 자연히 길어진다.

제18장

1) 얽힘 desis과 풀림 lysis: 영어로는 'complication'과 'resolution'으로 옮긴다. 풀림을 'dénouement'이라는 프랑스 용어로 옮기는 이도 있으나 'dénouement' 은 풀림의 일부일 수도 있으므로 부적당하다. 영어로는 예전에 'discovery'로 옮긴 적도 있다. 얽힘은 사건의 발단부터 극적 행동의 전환점이 있기 직전까지를 이른다. 풀림은 사건이 종말을 향하여 전개되기 시작하여 종말에 이르기까지를 이른다.

오이디푸스가 자기 아버지인 줄 모르고 아버지를 살해한 뒤 스핑크스라는 괴물을 퇴치하여 테바이 시민의 지지를 받아 왕이 되어 나이든 과부 왕비와 결혼하여 아들 딸 낳고 사는 중에 나라에 역병이 만연하여 그것을 해결하려고 나서는 것까지가 얽힘이라고 본다면, 이 극의 얽힘은 모두 극 밖에서 생긴 일들이고(이 일들은 인물들이 우연히 떨구는 척하는 대사들에서 언급된다) 그 뒤의 이야기부터 시작하는 『오이디푸스 왕』이라는 극 자체는 전체가 하나의 풀림 과정이라고 볼 수 있다. 그러므로 연극 전체가 풀림으로만 되어 있을 수도 있다. 또는 왕비 요카스테가 전 남편의 죽음에 대한 예언이 틀렸다고 오레스테스를 설득하려고 하는 데까지가 얽힘이라고 본다면(만일 설득당했다면 그는 다시 행복한 삶을 계속할 수도 있었을 것이다) 그 다음 순간부터 오레스테스의 행복은 불행으로 변화하기 시작하니까 이 뒷부분 전부를 풀림으로 볼 수도 있다.

이처럼 가장 중요한 전환점을 어디에 두느냐에 따라 얽힘과 풀림이 갈라서는 지점이 달라진다. 최후의 장면이 풀림이 될 수도 있는 것이다. 일반적으로 가장 잘된 헬라 비극은 모든 얽힘이 극이 시작되기 전에 성립되어서 극 자체는 바로 전환점을 시작으로 하는 하나의 긴 풀림이라고 할 수 있다. 이는 행동과 시간의 통일을 강조한 까닭일 것이다. 그러나 극의 밖과 안의 구별이 제7장에서 설파한 '처음 · 중간 · 끝'처럼 딱 맞아떨어지지는 않는다. 실상 극의 밖에서 이미 벌어진 일이 극의 안에서 벌어지는 일을 결정한다. 그러나 이미 벌어진 일에는 불합리 · 불가능 · 비개연적 요소들이 많이 개재되어 있어 이들을 극 밖으로 내몰아 극 자체의 내부를 말짱하게 하고자 하는 것이 그의 의도라고 생각된다.

2) 테오덱테스의 『륑케우스』: 앞의 제11장(52a24)에서 언급했다.

3) 아이아스Aias나 익시온Ixion: 아이아스는 우둔한 장사로 성이 나서 양떼를 적으로 알고 마구 죽이고는 부끄러워서 자살한 자이며, 익시온은 제우스의 아내 헤라에게 접근한 죄로 하계Hades에서 큰 수레바퀴에 매달려 영원히 고생하는 자이다. 소포클레스의 『아이아스』는 내용상 고통의 비극이라고만 할 수는 없다. 그에 관한 다른 비극이 있었던 모양이며 익시온에 대한 비극도 이름만 남아 있다.

4) 『프티오디테스Phthiodites』와 『펠레우스Peleus』: 영웅 아킬레우스와 펠레우스에 관한 소포클레스의 작품이라고만 알려져 있다. 아리스토텔레스가 성격은 행동보다 훨씬 덜 중요하다고 주장한 것을 상기할 때 성격의 비극이 어떻게 성립될 수 있는지 의문일 수 있다.

5) 포르키데스Phorkides, 프로메테우스Prometheus, 하데스Hades: 포르키데스는 세 노파인데 셋이 눈을 한 개만 공유하고 있다는 괴물들이다. 프로메테우스는 신들의 불을 훔쳐다 인간에게 준 죄로 죽지 못하고 괴

로움을 당하는 자이다. 하데스는 기이한 괴물들이 거처하고 있는 곳으로 사람이 죽어서 가는 하계로 불교나 기독교의 지옥과는 다르다. 당시에 이들을 다루는 연극들이 있었던 모양인데 현재 남은 것은 없다. 뒤바뀜과 깨달음의 요소가 없이 단순히 비극적인 행동을 보여주었던 모양이다.

6) 여기서 비극의 네 종류를 말했지만 아리스토텔레스가 갑자기 이런 분류법을 제안한 이유를 알 수 없다. 그래서 학자들은 그가 나중에 단편적으로 생각한 것을 덧붙이고는 미처 정리를 하지 못한 채 둔 것이라고 보기도 한다. 여기에도 그의 분류에 의한 이해 방법이(비록 별로 소용이 없지만) 적용됨을 볼 수 있다.

7) 당시의 극 비평이 매우 공격적이었다는 사실을 반영한다. 아리스토텔레스는 되도록 비극을 옹호하려는 입장이었다. 아래에서 그는 비극을 올바로 분석하고 비평하는 방법을 제시한다.

8) 에우리피데스는 『트로야 여인들 Troades』에서 트로야 전쟁의 한 부분만 떼어내어 다루었다. 전부를 다룬 비극은 지금 알려진 것이 없다.

9) 니오베 Niobe는 일곱 아들 일곱 딸 자랑을 지나치게 했다가 아폴론과 아르테미스의 노염을 사서 14남매를 모두 앗기고 너무 울다가 눈물 흘리는 돌기둥이 되었다는 여인인데 그녀에 대한 잘못된 비극이 있었던 모양이다.

10) 아가톤에 관해서는 제9장에서 설명했다. 지금 전하는 작품이 없으므로 그가 특히 어떤 비극에서 실패했는지 알 수 없다.

11) 놀라운 사건: 모든 연극은 '놀라운(즉 뜻밖의)' 사건이지만, 여기서는 '특별히 놀라운 marvellous' 사건, 그래서 외면상으로는 도저히 개연적이라 할 수 없을 정도로 기적적인 놀라운 사건을 말하는 듯하다. 그런 사건도 따지고 보면 그럴듯하다고 수긍이 간다. 예컨대 꾀 많은 시시포

스가 도리어 제 꾀에 넘어가는 것 같은 것이다. '그럴듯하다'란 즉 '개연적이다'라는 뜻이다.

12) 시시포스Sisyphos는 코린토스의 왕으로, 인간 중 가장 꾀가 많아 신들의 노염을 샀다. 죽음이 그를 데리러 왔을 때 꾀를 부려 죽음을 단단히 묶어버렸기 때문에 군신 아레스가 와서 그 사슬을 끊기까지는 아무도 죽지 않았다. 마침내 죽어서 하데스에서 큰 돌을 굴려 산꼭대기까지 올려가면 다시 굴러내리곤 하여 영원히 돌을 굴리는 것이 벌이 되었다. 그에 대한 비극은 남아 있지 않다.

13) "개연성이 없는 행동도 일어날 개연성이 있다"라는 말은 모순이지만 (놀랍게도) 맞는 말이다. 개연성이란 100퍼센트의 확실성이 아닌 까닭이다. 이런 말을 아가톤이 한 모양이다. 다른 번역에서는 "비논리적인 사실이 발생할 수 있다는 것도 논리에 부합한다"라고 했는데 뜻이 다소 모호하다.

14) 합창대는 애초에는 제사 의식에서 가장 중요한 요소였지만 연극적 성격이 강해지면서 약화되기 시작하여 소포클레스에 이르러서는 중요성이 아주 줄어들었다. 다만 그의 후배인 에우리피데스가 후기 작품에서 합창대를 다시 중요하게 이용했다. 무대 위의 배우들과 합창대, 또는 합창대의 대표가 서로 수작하는 경우는 줄어들었지만 아리스토텔레스는 합창대가 기왕 등장할 것이라면 배우의 하나처럼 극의 구조 자체에 참여해야 한다고 주장하는 것이다(이 말은 합창대는 없애도 되겠다는 의견을 간접적으로 나타낸다). 차차 합창대는 배우들의 퇴장과 등장 사이에 '막간을 이용하여'(당시에는 막이 없었지만) 연극 자체와는 관계가 적은 서정적인 노래를 합창하여 관객의 흥을 돋우는 일을 하게 되었다. 아가톤이 그 관행을 확정했던 것 같다. 그러니까 지금의 막의 구실을 한 셈이었다. 서정적인 노래에 대해서 아리스토텔레스는 모방 기술로서의

가치를 크게 인정하지 않았다. 그러나 헬라 비극에서 합창대의 서정시, 그리고 극중의 서정적 부분들이 매우 의미가 깊고 예술적임을 부인할 수 없다. 참고로, 셰익스피어도 처음 몇 작품에서 합창대, 또는 해설자를 등장시켰다가 곧 슬며시 없앴지만 간간이 서정적 노래를 삽입했다.

제19장

1) 이 장은 비극의 언어적 문제들을 다루는데 비극을 언어의 예술보다는 모방의 예술로 보는 아리스토텔레스는 그런 문제들을 수사학의 문제로 돌리고 여기서는 자세히 다루지 않을 것임을 말하고 있다.
2) 사고력: 다시 주의를 요하거니와 아리스토텔레스가 말하는 '사고력'은 비극에 나타난 작가의 '사상'이 아니라 등장 인물의 사고 능력, 사고의 질을 의미한다. 그것은 주로 그가 어떤 중요한 결정을 하는 말을 할 때, 또한 어떤 문제에 대하여 의견을 말할 때 나타나는 특질이다. 비극에는 이런 사고력을 나타내는 부분이 따로 있다는 것이 아리스토텔레스의 이론이다. 이 이론은 물론 다분히 말의 효과적 사용을 연구하는 수사학에 속한다. 따라서 자세한 논의는 그의 『수사학』의 몫이다.
3) '문채'는 글을 돋보이게 하는 장식, 즉 비유 따위를 말한다. 영어로 'figures of speech'라 하는 것이다. 역시 수사학에 속하는 문제다.
4) 프로타고라스Protagoras: 5세기 후반에 활약한 유명한 소피스트로 소크라테스와도 친분이 있었다. 플라톤의 대화록 『프로타고라스』의 주인공으로 등장한다. 그가 "노래하소서, 여신이여……" 운운한 『일리아스』의 서두를 기도가 아닌 명령이라고 비판한 것을 아리스토텔레스는 되받아 반론하고 있다. 서사시는 시신Muse의 영감으로 짓는 것이니 시신이 시인의 입을 통해 직접 노래해주시기를 서두에서 기원하는 것이 서사시의 관례였다. 후세의 서사 시인들도 그 관례를 따랐다. 밀턴도 『잃어버린 낙

원』에서 그런 기원을 서두로 삼았다. 기원은 명령은 아니나 문법에서는 명령문의 하나로 본다. 프로타고라스는 문법의 창시자로 알려져 있다.

제20장

1) 시에 대한 논의를 멀리 벗어난 일반 문법에 관한 논의이다. 오늘의 우리에게는 별로 흥미가 없는 대목이다. 어떤 학자는 이 부분은 아리스토텔레스가 직접 쓴 것이 아니라고 주장하기도 한다. 그러나 그렇게만 볼 것은 아니다. 그의 강의에서 이 부분을 짚고 넘어갔을 수도 있기 때문이다. 일반 문법이 시의 창작 기술의 한 면과 맞닿아 있음을 보여주려고 했다고 보는 것이다. 모방론이라는 독특한 차원을 연 아리스토텔레스와 달리 당시의 문학에 대한 고찰은 주로 언어 연구philology의 한 부분이었고 그 이후 오늘날까지 이 전통은 살아 있다.

원문은 몇 군데 불분명한 데가 있다. 음운론 · 품사론 · 통사론 등이 뒤섞여 있고 현대의 이론에 의하면 명백한 오류도 있으나 당시에 언어를 이런 정도로 분석했다는 사실이 놀라운데 이는 주로 프로타고라스를 비롯한 소피스트들의 공적이다.

제21장

1) 문법에 관한 대목은 헬라어를 모르는 우리에게는 중요한 내용이 아니다. 고전 어휘론, 특히 명사론의 일부인데 우리는 그냥 넘어가는 것이 좋다. 다음 은유에 대한 부분부터 중요하다.
2) 은유 metaphora(영어로 'metaphor')에 대한 고전적인 분석과 설명이다. 이에 대해서는 그의 『수사학』 3권에서 더 자세히 다루고 있다.

은유의 성립에는 "무엇(ㄴ)의 무엇(ㄱ)은 무엇(ㄹ)의 무엇(ㄷ)과 같다"는 형식에서 보듯 모두 4항의 사실이 관여한다. 그런데 서로 관여하는 이들 '무엇'들이 종(種)이냐, 유(類)냐에 따라 그 은유의 성격이 달라진다. 첫째, 유가 종으로 나타나는 예는 '서다'가 '정박하다'의 뜻으로 쓰인 경우이다. '서다'는 사람, 동물, 기계(배 · 자동차 따위) 등 모든 움직이는 사물의 행동 일반을 가리키는 유 개념이고, '정박하다'는 그런 사물들 중 특히 배가 서는 것을 가리키는 종 개념이다. '배가 정박하다'라고 쓸 것을 '배가 서다'라고 쓰면 유(서다)가 종(정박하다)을 대신한 은유라고 하는 것이 아리스토텔레스의 수사학적 분석이다. 둘째로, 종이 유를 대신한 예는 "만 가지 위업"에서 '만(10,000)'이라는 특별한 수, 즉 종 개념이 '많은 수'라는 일반적인 수, 즉 유 개념을 대신한 것 따위이다. "삼천리 강산"에서 '삼천리'도 역시 종이 유를 대신한 경우라 할 것이다. 셋째로, 종이 종을 대신한 예는 '자르다'를 '끊다'로 바꾸어 쓴 것 같은 것으로 '자르다'와 '끊다'는 둘 다 "(목숨을) 빼앗다"라는 유 개념에 속하는 종 개념들로서 서로 종 개념끼리 바꿔치기를 한 것이다.

이상의 세 가지는 우리의 통념상 별로 중요한 은유가 아니든지 은유조차도 아니다. 진정한 은유는 그러한 종, 유의 개념과 관계없이 유추(영어로 'analogy')에 의한 넷째 것이다. 전쟁의 신 '아레스의 방패'는 술의 신 '디오뉘소스의 술잔'에 해당되는데, 시인이 '아레스의 술잔' 또는 '디오뉘소스의 방패'라고 서로 바꿔치기를 할 수가 있다. 이 경우가 바로 유추에 의한 은유이다. 한걸음 나아가 아레스의 방패를 '아레스의 술 없는 술잔'이라고 형용사를 붙여 더 멋을 낼 수도 있다. 수사법에서 흔히 쓰는 방법이다. 헬라의 오랜 격언 중에 '시는 말하는 그림'이라는 말이 있는데, 유추에 의하여 '그림은 말없는 시'라고 할 수가 있는 것이다. '인생의 황혼'은 '인생의 끝무렵'과 '하루의 황혼'을 유추 관계에 두고 꾸민 은유이다.

그런데 가장 독창성이 엿보이는 은유는 이처럼 유추에 근거하되 유추의 네 항 중 하나가 없는 경우 다른 문맥에 속하는 말을 가져다 쓴 경우이다. 대개의 시적 비유가 여기 속한다. 어떤 욕구가 있어 크게 외치는 것을 '아우성'이라고 하는데 깃발이 어떤 욕구 때문인 듯 막 휘날리는 것은 이름이 없다. 그래서 유치환은 그것을 "소리 없는 아우성"이라고 비유했다. 그냥 '아우성'이라고만 했어도 멋진 은유인데 '소리 없는'을 붙여 더 멋을 냈다고 할 수 있다.

3) 신조어: 실상 시인의 많은 은유가 '한시적인' 신조어 구실을 한다. 어떤 작품에서만 쓰고는 다시 안 쓰므로 '한시적'이다. 여기의 예처럼 사슴의 뿔을 '돋은 싹'이라고 한 번만 쓰면 은유이고, 사회에 유통되면 신조어가 된다.

4) 은유의 설명 다음 부분 역시 헬라어를 모르는 우리에게는 중요하지 않다.

제22장

1) 클레오폰Kleophon은 제2장(48a10)에서 사람을 좋지도 나쁘지도 않게 묘사하는 시인으로 언급된다. 스테넬로스Sthenelos는 비극 시인이었던 듯하다.

2) 에우클레이데스Eucleides는 누구를 가리키는지 알 수 없다.

3) 『필록테테스Philoktetes』는 아이스퀼로스의 작품은 전하지 않고 소포클레스의 것만 전한다. 트로야 전쟁에 종군하러 가던 중 뱀에게 물려 그 상처 때문에 뒤에 처진 필록테테스의 이야기를 다룬다. 그 이야기를 다룬 에우리피데스의 작품도 전하지 않는다.

4) "작고 보잘것없는……"은 『오뒤세이아』 9권 515행에 나온다. 아리스토텔레스 자신이 더 멋있게 바꾸어본 것이다.

5) "그 사람 앉으라고……"는 『오뒤세이아』 20권 259행에 나온다. 아리스

토텔레스가 고친 것이다.

6) "에이오네스 보오신" : 『일리아스』 17권 265행에 나오는 구절로 "바닷가가 울부짖는다"는 말인데 역시 더 멋진 말이라고 생각되는 것으로 바꾸어본 것이다.

7) 아리프라데스Ariphrades: 알려진 것이 없지만 좀 우둔한 비평가였던 모양이다.

8) 은유의 사용은 타고난 재능: 여기 다시 은유에 대한 아리스토텔레스의 경탄이 나온다. 그것은 타고나는 것이지 배울 수 없는 것이라고, 논리적으로 설명할 수 없는 것이라고, 아리스토텔레스로서는 매우 이례적인 고백을 하고 만다. 그러나 근본에 있어 은유도 의미를 명백히 하거나 말의 효과를 높이기 위한 말의 장식적 기술이지 고고한 사상이나 감정을 암시하는 신비로운 말이 아니었다. 근대에, 특히 현대에 은유야말로 시의 정수, 아니 시 그 자체라는 생각이 대두했지만, 고전 시대에는 은유는 놀랍기는 하지만 역시 시적 수사법의 하나였을 뿐이다. 따라서 아리스토텔레스는 은유에 대하여 『수사학』 3장 말미와 4장에서 자세히 다룬다.

9) 디튀람보스와 합성어: 적합한 낱말이 없을 때 두 말을 붙여 한 낱말을 구성하면(한자말의 심산유곡, 만학천봉 따위가 예가 될는지?) 웅장미가 있다고 보았는데 디튀람보스는 서정적 웅변 같은 시였으므로 그런 웅장미가 어울렸다.

10) 비극에 대한 논의의 끝: 일단 비극론을 여기서 마치고 다음부터는 서사시에 관한 것이다.

제23장

1) 시가 처음 · 중간 · 끝을 가진 완전한 것이어야 한다는 말은 제7장에서 이미 했다. 단일한 행동만이 그런 구조를 가질 수 있다는 말도 제8장에

서 했다. 그런 깔끔한 구조는 아름다워서 보기에 즐겁다는 말을 여기서 다시 하고 있다. 시가 개연적 · 필연적 사실을 모방하므로 개별적 사실을 묘사하는 역사보다 더 심각하고 따라서 더 철학적이라는 말을 제9장에서 했는데 여기서는 역사가 서로 개연적 · 필연적 관련성이 없는 잡다한 사건들을 시간적 차례대로 벌여 놓으므로 서사시와 다르다는 말을 하고 있다. 여기서 그는 서사시가 '극적'이어야 함을 강조한다. 즉 비극의 상태에 얼마나 접근하느냐에 따라 서사시의 가치가 정해진다.

2) 생물체의 아름다움: 7장에서 말했듯, 잘 짜여진 시는 나비 · 꽃 · 토끼처럼 균형 잡힌 통일체로서의 생물체처럼 아름답다고 한다. 생물학자로서의 그의 면모가 드러난다.

3) 살라미스Salamis 해전과 시켈리아Sikelia(영어로 'Sicily') 전쟁: 역사가 헤로도토스에 의하면 이 두 전투는 기원전 480년 한 날에 일어났지만 서로 원인과 결과의 관계가 있든가 하나의 목적을 향한 단일한 행동이 아닌, 우연한 두 역사적 사건이라고 보는 것이다. 잘된 서사시에서는 반드시 두 사건은 서로 개연적 · 필연적 관련성이 있어야 한다.

4) 함선의 목록: 『일리아스』에 가끔 이런 목록이나 어떤 가계의 족보 따위가 끼이는데 실상 플롯의 구성에는 필요하지 않는 부분들이다. 예컨대 『일리아스』 제2권 후반부는 트로야 전쟁에 참여한 헬라 각 국가의 왕과 그가 거느린 함선의 척수 목록으로 채워져 있다. 엄격히 말하면 이런 것은 플롯에 속한 것이 아니라 에피소드들이지만 아리스토텔레스는 호메로스의 에피소드들이 시를 풍성하게 해주는 역할을 한다고 그 가치를 인정한다. 중요한 것은 호메로스가 단일한 플롯을 구성하였다는 사실이다.

5) 『퀴프리아Kypria』와 『작은 일리아스Mikran Ilias』는 다만 요약이 남아 있을 뿐인데 굉장히 긴 역사를 내용으로 한 것들이었던 것 같다.

6) 열 편의 비극: 『무기 수여』는 이름만 남은 아이스퀼로스의 작품, 『필록

테테스』는 소포클레스의 작품, 『네오프톨레모스』 『에우뤼퓔로스』 『거지』는 미상, 『라카니아 여자』는 전하지 않는 소포클레스의 작품, 『일리온 공략』은 이름만 전하는 이오폰이란 사람의 이름만 남은 작품, 『귀항』 미상, 『시논』은 이름만 남은 소포클레스의 작품, 『트로야 여인들』은 에우리피데스의 작품이다. 『작은 일리아스』에서 이처럼 여러 비극이 생겨났다는 것은 그것이 하나의 작품 구조를 가지지 못하고 여러 작품에 쓰일 '소재' 구실밖에 못 했음을 뜻한다. 그러나 이와 같은 관련된 모든 이야기의 집합체로서의 장편 시는 호메로스 식의 서사시는 아니나 서사적 사이클epic cycle이라 하는 독특한 장르를 형성하며 유럽의 중세에도 크게 유행했다. 대표적인 것은 아서 왕과 그의 기사들의 무용담을 집합한 아서 사이클Arthurian Cycle이다. 이런 장르는 실상 시작도 끝도 없을 수 있고 언제나 첨가가 가능하기도 하다. 이들은 통일성보다 산만한 포괄성을 목적으로 하였다.

제24장

1) 『일리아스』는 깨달음이나 뒤바뀜이 없이 처음부터 끝까지 일직선으로 진행되므로 '단순한' 플롯이다. 트로야의 장군 헥토르의 죽음을 비롯한 여러 죽음이 연달아 나오므로 '고통'의 요소가 짙게 깔린다. 『오뒤세이아』는 깨달음과 뒤바뀜을 다 포함하므로 '복합적' 플롯이며 오뒤세우스의 성격(지적 능력과 도덕적 성품)이 돋보이는 서사시라고 아리스토텔레스는 구분한다. 그러나 실상 『일리아스』 역시 깨달음과 뒤바뀜을 포함하는 복합적 플롯으로 볼 수도 있다.
2) 서사시의 길이에 대해서는 이미 제7장에서 얘기했고, 여기서 다시 아리스토텔레스는 서사시의 길이의 자유를 좋게 본 듯하지만 단일한 통일체로 파악될 수 있으려면 "앉은자리에서 전부를 들을 수 있는 길이"여야

한다는 조건을 슬며시 내놓고 있음에 주의해야 한다. 당시 공연된 비극은 3부작으로 도합 4000~5000행의 분량이니 약 4~5시간이 걸렸으리라 추정된다. 그래서 그는 그가 존경하는 호메로스의 이름을 직접 말하지 않고 "옛 서사시들보다 짧은" 서사시가 바람직함을 암시한다. 그는 비극의 그 조건을 매우 예술적인 조건으로 보았던 것이다. 훨씬 뒤인 19세기에 에드가 앨런 포는 장시는 단일한 인상을 지속시킬 수 없으므로 시가 아니라고 주장한 것을 기억하게 된다. 그는 장편 소설까지도 부정했다. 그래서 단일한 효과를 극대화하는 미스터리 단편 소설을 창안했던 것이다. 그의 '앉은자리'의 시간은 약 30분이었다. 그러므로 짧은 시와 단편 소설만이 진짜 문학이었다.

3) 카이레몬은 제2장(47b23)에서도 언급된 무능한 시인이다.

4) 호메로스가 서사시에서 극적인 모방 방법을 사용한 것을 칭찬한다. 놀랍게도 당시 다른 서사 시인들은 인물들의 말을 직접 화법으로 제시한 경우가 거의 없다고 한다. 모든 것을 아는 omniscient 저자, 또는 알려주는 telling 저자가 아닌 스스로 소멸하는 self-effacing 저자 또는 보여주기만 하는 showing 극적 dramatic 저자의 방식을 아리스토텔레스는 찬성하였다. 그의 모방 예술의 평가 기준은 극이었다. 제3장에서도 비슷한 말을 했다.

5) 아킬레우스는 『일리아스』 22권 131행 이하에서 트로야 성을 몇 바퀴나 돌면서 적장 헥토르를 추격하지만 헬라 군인들은 둘러서서 보고만 있다. 그가 혼자 해치우겠다고 시늉을 한 것은 사실이지만 실제 전쟁터에서 그런 상황은 벌어지지 않을 것이나 이야기로만 들으면 그럴듯하게 들린다는 것이다. 그러나 무대에서 그 장면을 상연한다면 그 우스꽝스러움이 대번 드러날 것이라는 말이다. 즉 연극에서는 재현의 성격상 불합리하거나 비이성적 행동을 제외해야 한다는 것이다.

이것은 큰 논쟁거리가 된다. 영국인들이 무대 위에서 전쟁 장면을 연출하는 것을 보고 프랑스인들이 도저히 받아들일 수 없다고 심한 비판을 하였지만 영국 비평가 드라이든Dryden은 관객은 무대를 사실로 오인하지 않는다고, 즉 무대는 관객이 받아들이는 관행을 따를 뿐이라고 하여 영국 무대 방식을 옹호했다. 연극이란 무대 관행에 의존한다. 관객이 사실로 오인하게끔 교묘히 눈속임을 하는 짓이 아니다. 그러나 아리스토텔레스의 이 말이 프랑스의 무대 이론을 뒷받침하는 요소가 되어 박진성 vraisemblance의 규칙이 엄수되었다. 그래서 모든 활극적인 요소는 무대 위에서가 아니라 무대 밖에서 생기는 것으로 처리했다.

6) 논리적 허위와 허구: 이 부분의 논리적 분석에 주의해야 한다. 멀리서 대포를 쏠 때 우리집 창문이 흔들렸다. 오늘 창문이 흔들리니 틀림없이 멀리서 대포를 쏘았을 것이라고 생각할 수 있다. 그런데 사실을 조사해 보니 대포를 쏜 일이 없다(사실은 지진 때문에 흔들린 것이었다). 그래도 대포를 쏘았다고 가정하면 우리집 창문이 그 때문에 흔들렸다고 할 수 있다. 따라서 오늘 우리집 창문이 흔들린 것은 사실이니 대포를 쏜 것도 사실이라고 추리할 수 있으나 이는 명백한 허위에 근거한 그릇된 추리이다. 문학적 허구는 바로 이러한 허위 요소가 슬쩍 개재되어 있는 이야기 방법이라는 것이고, 호메로스가 이에 능숙했다는 것이다.

오뒤세우스가 원수들이 우글거리는 고향집에 변장을 하고 들어와 아내 페넬로페에게 자기가 크레타 섬에서 이러저러한 옷을 입은 오뒤세우스를 만났노라고 하니 페넬로페는 옷에 대한 말이 옳으므로 그가 하는 모든 말이 참말이라고 믿는데, 이것은 물론 페넬로페가 그릇된 추리를 하는 것이다. 즉 하나가 진실이면 거기 관련된 다른 것들도 진실이라고 추리하는 것은 틀린 것이다. 실상 오뒤세우스는 자기의 정체를 숨기기 위해 옷 이외에는 모두 거짓말을 했던 것이다(독자는 그 사실을 안다). 그런데 여기서 아리스토텔레스의 예는 그리 적절한 것 같지 않다. 시인은 가능한 여러 이야기를 하면서 그 사이에 불가능한 것을 슬쩍 끼워 넣어 눈치채지 못하는 사이에 지나가게 하는 기술을 부린다. 바로 다음 부분을 보라.

7) 그럴듯한 불가능과 그럴듯하지 못한 가능: 아주 중요한 대목이다. 쉬운 예를 들자면 키가 세 치밖에 안 되는 사람들은 있을 수 없다. 즉 불가능하다(불가능하다는 말은 절대로 진실이 될 수 없다는 말이다). 그러나 그런 난쟁이들이 있다고 일단 가정하고(영국 비평가 콜러리지가 말하듯 "불신을 잠시 중단하고") 그럴듯하게, 개연성 있게 묘사를 한다면, 스위프트의 『걸리버의 여행기』 같은 재미있는 이야기가 된다. 반면 2003년 일본 수상에 한국계 일본인이 당선될 것이라고 어떤 국내 신문에서 주장한다면 이는 절대로 불가능하지는 않지만(사람 팔자는 알 수 없다니까) 도무지 개연성(그럴듯함)은 없다. 이처럼 가능성과 개연성은 궁극적으로는 서로 반대가 된다. 아리스토텔레스는 시가 불가능한 것을 대체로 제외할 것을 요청했지만 어떤 특수한 효과를 위해서는 불가능하더라도 그럴듯하게 꾸미는 것이 시인의 능력이라고 보았다. 실상 문학적 허구는 모두 가능, 불가능의 기준이 아니라 그럴듯함, 그럴듯하지 못함의 기준에 의하여 그 우열이 판단된다. 이 문제에 대해서는 다음 장에서 더 설명한다.

8) 오이디푸스는 길에서 라이오스와 다투다가 그를 죽였지만 그가 아버지인 줄 몰랐는데 바로 라이오스가 다스리던 나라의 왕이 되고서도 자기가 죽인 사람이 다름아닌 선왕이고 자기 아버지였다는 사실을 알지 못한다는 것은 불가능하다는 말이다. 그래서 그 사건은 극이 시작되기 훨씬 이전에 발생한 것으로 해놓았다는 것이다.

9) 소포클레스의 『엘렉트라 Elektra』에서 엘렉트라는 남동생 오레스테스가

퓌토스Pythos 축제(아폴론 신을 찬양하여 델포스에서 정기적으로 열림)때 마차몰이 경기에서 이겼다는 소식을 듣는데, 역사적으로 그 음악적 축제에 마차몰이 경기는 아주 오래 뒤에 추가되었기 때문에 시대적으로 불가능하다는 것이다. 문학은 이런 종류의 착오를 자주 저지르지만 그럴듯한 까닭에 사람들이 믿고 지나간다.

10) 『뮈시아 사람들Mysois』은 아이스퀼로스 또는 소포클레스가 지었으나 전하지 않는다. 주인공이 테게아에서 외삼촌을 죽이고는 뮈시아라는 먼 곳까지 말을 하지 않고 가는 행동이 극 내부에 벌어지는데 수천 리를 말을 하지 않고 간다는 것은 불가능하다는 것이다.

11) 오뒤세우스는 풍랑에서 모든 부하들을 잃고 혼자만 기절한 채 빈 배에 실려 어떤 나라에 도착하는데, 기절한 그만이 곱게 살아남는다는 것은 불가능하지만 그를 맞는 그 나라 사람의 언동, 배의 모습, 그의 느낌 따위는 아주 사실적으로 묘사되어 있어 그 불가능이 희석된다는 말이다. 역시 시인이 거짓말을 그럴듯하게 하는 기술을 보였다는 것이다.

12) 다시 말하면 막 벌어지고 있는 행동이나 성격과 사고력의 제시 부분에서는 모방에 적절한 언어만을 써야 하고 그런 모방과 관계가 없는 부분에서만 장식적 표현을 쓸 것을 요청한다. 플롯을 통한 모방을 방해하는 표현을 경계하는 것이다.

제25장

1) 서사시의 문제: 여기서 아리스토텔레스는 당시의 호메로스의 작품들에 대한 온갖 비판에 대하여 답변을 매우 '변호적'으로 마련하고 있다. 호메로스는 헬라 문화의 꽃이라 할 만큼 일찍부터 최고의 교양적 · 교육적 권위를 누렸다. 그러나 비판적 · 철학적 사고 방법이 식자들 간에 퍼지자 그 작품들에 관한 온갖 의문 · 의심 · 의구심이 안 생길 수 없었다.

예컨대 철학적으로 생각할 때 신은 도덕적으로나 이성적으로 완전한 존재여야 하는데 시에 나타난 제우스, 헤라, 아폴론 등의 신들은 죽지 않는다는 것과 변신술이 있다는 것 이외에 못나고 못된 점이 보통 사람들과 별로 다르지 않았다. 지식인들은 시를 변호하기 위한 갖가지 방법과 논리를 개발하든가 비판 · 배격하기 위한 근거와 이유를 내놓았다. 대체로 청소년 교육에 큰 몫을 차지했던 소피스트들은 여러 가지 변호의 수사법을 전개했고 소크라테스와 플라톤 같은 철학자들은 비판과 배격의 논리를 폈다. 변호의 한 방법으로 시에 나오는 신에 대한 이야기는 이솝 이야기처럼 우화allegory로 해석해야 한다는 설이 제안되었다. 예컨대 제우스 신이 불을 던지며 소리를 질렀다는 이야기는 천둥 번개라는 자연 현상에 대한 우화라는 것이었다. 이 해석 방법은 천 몇백 년 뒤에 르네상스 시대에 다시 한창 유행했고, 낭만주의 시대에는 상징주의로 간접적으로 되살아났다. 그러나 아리스토텔레스는 시를 옹호하되 소피스트들을 따르지 않고 철학적 · 심리학적 · 사회학적 근거에서 그리하였다. 특히 논리적 분석보다는 법정의 변호 방식을 따른 것이 특이하다 할 수 있다.

2) 시인의 오류의 세 방향: 시인의 모방 대상이 1) 역사적 사실, 2) 일반적 상식 또는 의견, 3) 필연적인 사실 등인데, 1)과 2)는 대체로 객관적이므로 시인이 충실히 모방하기만 하면 되고 3)의 경우에는 논리적 · 윤리적 · 과학적 원칙에 의해 사물의 필연성 여부를 판단해야 하는 만큼 시인에게 상당한 능력이 필요하다. 그러나 이 능력도 절대적은 아니라는 것이 다음 부분의 요지이다.

3) 시의 기준과 기타 학문의 기준: 플라톤은 그의 철학적 기준을 절대적 기준으로 삼아 그 기준에 따라 시가 진실과는 완전히 떨어진 허위라고 단언했지만, 여기서 아리스토텔레스는 기술 또는 학문이 각기 자체의

정확성 또는 정당성의 기준을 가지고 있다고 주장한다. 플라톤처럼 철학의 기준으로 시를 비판할 수 없고, 물론 시의 기준으로 철학을 잴 수도 없다. 플라톤은 목수는 침대를 만들 수 있지만 그 침대를 그린 화가는 침대를 만들 수 없으므로 그의 침대 그림도 무가치하다고 했다. 침대를 그리려는 화가도 침대에 대한 지식이나 제작 기술이 있어야 한다는 것이었다. 즉 침대 지식과 기술 수준 한 가지로 목수와 화가를 동시에 평가한 것이다. 『시학』은 말하자면 시 자체의 기준을 마련하려는 시도라고 할 수도 있다. 화가가 말이 달리는 모양을 잘못 그린 경우, 그림 자체가 잘못되었다면 그 책임은 화가에게로 돌아가는 '본질적' 잘못이지만 동물학의 지식이 모자라서 잘못 그린 경우는 '우연한' 잘못이지 본질적인 잘못이 아니다. 모방 기술자로서의 시인이 모방 자체를 잘못한 경우에는 비난받을 수밖에 없으나 모방의 대상이 되는 사물에 대한 지식이 부족하든가 틀린 경우에는 큰 책임을 지지 않는다. 이로써 아리스토텔레스는 시인이 간혹 저지르는 수학적 · 과학적 · 역사적 · 철학적 · 신학적 등등의 오류를 대부분 용서받을 수 있게 하는 것이다.

4) 시적 기술의 목표: 모방이 주는 인지의 즐거움, 정서적 카타르시스의 쾌감 등이다.

5) 헥토르 추격: 『일리아스』의 백미를 이루는 이 장면은 객관적으로는 불합리하지만 강렬한 효과를 내는 장면이라고 앞 장에서도 언급했다. 그러나 같은 정서적 효과를 내면서 합리적으로 묘사할 수 있었는데도 판단이나 지식이 부족해서 불합리하게 묘사했다면 그것은 시인의 오류이고 따라서 효과도 줄어든다. 즉 시적 효과가 불합리를 무시할 수 있을 만큼 대단할 경우에나 불합리가 허용될 수 있다는 것이다. 시인은 언제나 무식을 용서받을 수는 없다. 그러나 물론 가장 큰 오류는 모방 기술의 부족에서 오는 것이다.

6) 뿔 달린 암사슴: 암사슴은 뿔이 없는데 화가가 동물학 지식이 부족하여 암사슴 그림이라는 제목으로 뿔이 달린 암사슴을 잘못 그렸다면 어느 정도 용서를 받을 수 있다. 달리는 말의 앞뒤 오른쪽 발이 한꺼번에 앞으로 뻗는 것처럼 그린 그림과 마찬가지이다. 이런 그림이 아주 잘된 경우에는 (모방 기술이 뛰어나서 그 효과가 대단하다면) 그런 비본질적 실수는 거의 다 용서받을 수 있다. 여기서도 모방 기술의 쉬운 예로 그림을 든 것에 유의할 필요가 있다. 아리스토텔레스는 그림을 가장 초보적, 따라서 유치한 상태의 모방으로 생각했다.

7) 당위의 모방: 예컨대 『임진록』에서 이순신 장군이 노량해전에서 전사하지 않고 살아서 왜국에까지 쳐들어가 왜왕의 항복을 받아왔다고 이야기한 것은 역사적 사실에 어긋나므로 틀렸다고 비판을 받을 수 있으나 작가는 '당위성'을 이유로 들어 그것을 변호할 수 있다. 역사가 이상적으로 전개되었다면 당연히 그런 결과를 가져왔을 것이다. 역사적 사실은 그렇지 못하나 '도덕적 정의'라는 당위성의 측면에서 보면 마땅히 벌받을 자는 벌을 받게끔 하여 정서적 만족감을 갖게 하는 것이 시적 모방의 목적이기도 하다. 당위성을 강조하면 이른바 '권선징악,' 또는 서양의 '시적 정의 poetic justice'의 도덕주의 문학이 된다.

8) 소포클레스가 했다는 이 멋진 말은 그의 현존 작품에는 나오지 않는다. 그의 인물들은 확실히 보통 사람들보다 장엄한 데가 있다.

9) 두 가지 답변이란 1) 틀리는지는 모르나 시인이 본 그대로, 또는 생각하는 그대로 제시한 것(이 경우 시적 효과를 달성하면 용서받는다). 2) 당위성을 위해 객관적 사실과 어긋나게 한 것을 말한다.

10) 일반인의 관습적 사고 방식과 내용을 따르는 것이다. 시인은 전문적 지식 탐구자가 아니므로 당시의 일반적인 관념을 검증 없이 따라도 된다. 틀렸다는 것이 드러날 경우에도 용서받을 수 있다.

11) 크세노파네스Xenophanes는 호메로스 등 고대 시인들이 들려주는 신에 대한 이야기가 부도덕하다고 비판했다. 플라톤도 그랬다. 아리스토텔레스도 그런 신관을 부정했을 테지만 시는 신학적 논의를 벌이는 데가 아니고 특유의 즐거움을 주기 위한 모방, 즉 꾸며낸 이야기인데다가 시인들은 일반인들이 가지고 있는 신에 대한 생각이나 믿음을 재료로 이용할 수 있다고 보았다. 플라톤과 달리 그는 대중을 경멸하지도, 그들을 개혁하려 하지도 않았다.

12) "그들의 창의 끝을……"은 『일리아스』 제10권 152행에 나온다. 창을 그렇게 세우는 법이 아니라고 당시의 비평가들이 호메로스의 무식을 꼬집었던 모양인데 이것이 예전의 방식이며 당시에도 이방인들은 그렇게 했다는 고증이 있다는 것이다. 역사적 고증으로 비판에 답변하는 방법이다.

13) 일뤼리아Illyria는 헬라 지역의 서북방, 지금의 발칸 반도 서부 해안 지역, 즉 크로아티아 지방이었다. 당시에는 야만국으로 생각되었다.

14) 실제 문맥에 호소: 매우 중요한 변호 방법이다. 많은 경우에 있어 비판은 작품의 한 특정 부분에 주어지는데 역시 많은 경우에 있어 상황 또는 문맥에 호소함으로써 비판에 답할 수 있다. 문학 옹호자가 자주 이용하는 방법이다. 우선 작품이 다루는 시대나 장소를 재구성하는 것이 중요하고 작품의 어떤 부분이 문제라면 그 문맥 전체를 고찰하는 것이 바람직하다.

15) 헬라어를 모르는 우리는 이 부분을 대강 보고 넘어가는 것이 좋다. 더욱이 원문의 손상이 심하여 불분명한 데가 많다고 한다. 엘지 같은 학자는 이 부분은 절대로 아리스토텔레스가 집필한 것이 아니라고 하여 그의 방대한 논의에서 제외했다.

16) 이 장에 인용된 예는 대부분 『일리아스』에서 인용한 것이다. 아마 모두 흠이 잡혔던 부분들이었던 것 같다. 당시 조일로스Zoilos라는 사람이

호메로스 흠집내기로 악명 높았는데 근대 유럽에서도 대가의 사소한 흠을 찾아내어 비난하는 평론가를 '조일로스'라고 했다.

17) 소리의 강세, 즉 악센트를 어느 음절에 두느냐에 따라 철자는 같아도 뜻이 달라지는 경우를 타소스의 히피아스Hippias라는 사람이 여기 인용한 문장으로 예시했다고 한다. '디도멘 didomen'은 악센트가 '디'에 붙느냐 또는 '도'에 붙느냐에 따라 서술형 현재나 또는 명령형으로 쓰인 부정법으로 해석된다고 한다. 그래서 그 문장을 "우리 그에게 영광의 성취를 허락하자"로 읽었다. "토 멘 호이 to men hoi……"에서 '호이'에 강세를 두느냐 안 두느냐에 따라 관계대명사가 되든지 부정 부사가 된다고 한다. 그래서 "그 일부는 비에 썩었다"고 해석했다고 한다. 두 문장 다 『일리아스』에서 불완전하게 생략적으로 인용한 것이라고 한다.

18) 엠페도클레스의 이 문장의 원문에서 부사 '과거에'를 '순수하던'에 붙일 수도 있고 '혼합적인'에 붙일 수도 있다고 한다.

19) 주석 다리 갑옷: 주석은 합금의 재료로 구리에다 섞어 놋쇠를 만드는 데 쓴다. 놋쇠라 하지 않고 주석이라 해도 관례상 틀리지 않는다는 말이다.

20) 가뉘메데스Ganymedes는 하도 잘생겨서 제우스가 하늘에 올려다가 자기의 잔잡이(왕의 술잔을 대령하는 신하)로 썼다고 하는데, 신들은 보통 '술'이 아니라 '넥타'를 마신다.

21) 글라우콘Glaukon: 소피스트였던 듯하다. 그가 지적한 것은 비평가들이 자주 저지르는 우스운 짓이다. 예컨대 윤동주의 한 작품을 근거로 하여 그를 민족 시인이라고 전제하고는 그것에 기초하여 다른 시를 해석하다가 잘 들어맞지 않으니까 윤동주가 민족 시인으로 실패했다고 하는 따위의 우스운 짓을 2400여 년 전에 헬라 비평가도 호메로스에 대해서 했던 모양이다.

22) 이카리오스Ikarios는 페넬로페의 아버지요 오뒤세우스의 장인이요 텔레

마코스의 외할아버지로서 스파르타에 살았다고 하면 텔레마코스가 자기 아버지 소식을 들으러 스파르타의 메넬라오스 왕을 찾아갔을 때 만났을 터인데 그런 말이 없으니 호메로스가 실수한 것이라고 꼬집는 비평가들이 있었다. 그러나 정작 『오뒤세이아』에는 그가 딸이 사는 이타카에 살았던 것으로 암시되어 있다. 케팔라네니아 Kephalenia 사람들은 또 다른 해석을 내세웠는데 아리스토텔레스는 이들 편을 든 것 같다. 그러나 이들 전부 전혀 문제가 되지 않는 것을 엉뚱하게 괜히 문제삼았던 것이다. 옛날에도 오늘날처럼 작품을 자세히 읽지 않고 괜히 문제를 삼든가 견강부회하는 비평가가 많았다.

23) 이 부분은 앞에서 한 "그럴듯한 불가능이 그럴듯하지 못한 가능보다 낫다"는 말을 되풀이하고 있다.

24) 제욱시스: 제6장 참조. 실제 모델보다 더 돋보이게 그렸다는 화가다.

25) 불합리한 일도 있을 수 있다고 생각하는 것 역시 합리적이라는 아리스토텔레스의 명언이다. 그가 가능성 possibility과 개연성 probability을 구분하고 개연성에 응분의 가치를 부여한 것은 탁견이다.

26) 논리적 모순에 대한 비판은 논리학에서 정식으로 배워서 하라는 주문이다. 대체로 문학 비평은 논리의 원칙을 따르기보다는 감정적 비난이 되기 쉽다.

27) 아이게우스 Aigeus는 에우리피데스의 『메데이아』에서 난데없이 나타나 메데이아에게 잔인한 복수를 하고서도 피할 수 있는 길을 귀띔해주는데 그의 등장은 불합리하고, 메넬라오스 같은 비열한 인물을 등장시킨 것은 도덕적으로 바람직하지 않다고 보았다. 그처럼 극적으로 필요하지 않음에도 불구하고 단지 작가의 무능 또는 부주의 때문에 불합리 · 부도덕이 극에 도입되는 것은 물론 비난의 대상이 된다.

28) 결과적으로 아리스토텔레스는 호메로스에 대한 당시의 비판이 모두 근

거가 없다고 주장한다.

29) 12가지 답변: 이상의 여러 답변의 항목이 12가지이다. 역시 아리스토텔레스의 분류에 의한 이해 방법을 보이고 있다.

제26장

1) 사회가 안정되어 재산 · 권력 · 지식 등의 수준에 따라 여러 계층이 성립되면 자연히 예술도 다양해지면서 고급 예술 · 대중 예술 · 저급 예술 따위의 구분이 생기는데, 고대 헬라에서도 서사시와 비극의 계층적 자리매김도 생기기 시작했던 모양이다. 연극은 반드시 배우의 연기에 의존하므로 배우의 예술적 자질은 물론이고 때로는 그의 시민으로서의 자질까지도 문제가 될 수 있다. 연기는 대체로 과장해야 그 의미가 분명히 전달될 수 있으므로 자칫하면 과장이 지나칠 수도 있다. 게다가 연극은 동시에 많은 관객을 한자리에 모으므로 군중 심리에 호소하는 바가 크다. 이런저런 이유로 단지 듣기만 하는, 또는 혼자 읽기만 하는 서사시에 비해 비극은 천박한 대중성에 의존한다는 평을 받게 된다. 그래서 플라톤은 연극을 특히 경멸하고 그런대로 서사시의 편을 들었다.
2) 삼류 피리쟁이: 독창곡인 디튀람보스 공연 때 반주를 하면서 내용을 나타내는 과장된 몸짓을 했던 모양이다. 지금도 연극에 대한 비난이 나오면 으레 삼류 연기자에게 탓을 돌린다.
3) 『스퀼라 Skylla』는 티모테오스란 사람이 지은 디튀람보스였는데 바다의 괴물 스퀼라가 오뒤세우스를 마구 다루는 내용이었던 것 같다. 대중의 박수 갈채를 받는 디튀람보스 낭송자가 과장된 몸짓을 하는 것이 아리스토텔레스도 보기 싫었던 모양이다.
4) 뮌니스코스 Mynniskos와 칼립피데스 Kallippides는 당대의 이름난 배우들로서 선후배 관계였다. 선배는 대개 후배가 배우로서의 위엄을 지키

지 못하고 시류에 영합한다고 비난하는 경향이 있다. 후배가 아마 과장된 연기로 관중의 인기를 모으는 것을 보고 선배가 화를 냈던 모양이다. 여기 나오는 핀다로스Pindaros는 이름난 시인 핀다로스가 아니고 신분 미상인 사람이다.

5) 시가 아니라 연기에 대한 비난: 비극은 우선 글로 적힌 대본이므로 읽을 수 있는 시라는 것이 처음부터 아리스토텔레스가 견지한 생각이다. 중세의 민속극 전통이 르네상스의 비극으로 승계되면서 셰익스피어는 시인으로서의 자부심을 가졌으나 가끔 대중의 기호에 영합하는 '쟁이'라는 신분에 수치심을 고백하기도 했다. 중국에서도 연극(연희)은 오랫동안 문자화되지 못하고 구전되는 대중 오락 중의 하나였다. 비극이 주로 공연물이던 시대에 아리스토텔레스가 비극이 '글'이라는 점을 강조한 것은 상당히 시대에 앞서는 것이었다. 또한 헬라 사람들이 일찍부터 비극을 문자화하였다는 사실도 중요하다.

6) 서사시의 낭송: 당시에도 적지 않은 사람이 서사시를 읽지 못하고 전문가의 낭송을 통하여 들었다. 우선 파피루스에 필사한 서사시 원고는 아무나 돈 주고 사 가질 수 있는 물건이 아니었다. 낭송 전문가는 오늘의 성우 이상으로 대단히 인기 있는 기술자였다. 우리나라에서도 개화기 이후까지 농한기에 돈 받고 소설책 읽어주러 다니는 '쟁이'가 있었다.

7) 소시스트라토스Sosistratos, 므나시테오스Mnasitheos: 둘 다 서사시 낭송자rhapsode였을 것이다. 현금 반주에 맞춰 낭송하면서 몸짓도 곁들여 청중을 사로잡았다. 이온Ion이라는 낭송자를 플라톤이 비꼬면서 시의 인지적 가치를 의문시한 짧은 대화 『이온』이 있다.

8) 천한 여자 흉내: 비극 배우 칼립피데스가 여자로 분장하여 관객을 웃기는 명연기를 했지만 비극 배우로서의 위엄을 지키지 않는다고 선배들의 질책을 받았던 모양이다. 앞서 말했듯, 남자 배우가 모든 여자 역을 맡

았다. 여자 옷 입고 여자 탈만 쓰면 되었다. 우리나라 여러 지방의 탈놀이에서도 그랬다.

9) 배우의 과장된, 또는 천한 몸짓만 빼면 비극의 본질적 결함은 없다는 주장이다. 아리스토텔레스는 연기를 비극의 필수 요소로 보지 않았다. 읽기 위한 시로서의 비극을 그는 중시했다.

10) 아리스토텔레스의 이상적 모델은 단일한 행동이 필연성에 의해 탄탄히 짜인 플롯이다. 호메로스의 두 작품만이 서사시로서는 그런 이상에 근접할 뿐이고 다른 시인들의 서사시는 짜임새가 어수선하여 대체로 실격이다. 그는 이론상 비극을 선호함으로써 호메로스의 서사시들에 대한 그의 애착을 다소 억누를 수밖에 없는 모양이다.

11) 비극과 서사시의 즐거움: 개연성이 있는 행동의 모방을 통하여 연민과 두려움을 일으키고 그것의 카타르시스가 주는 쾌감이다. 그러나 그는 서사시를 논하면서 연민, 두려움, 카타르시스를 직접 언급하지 않았다. 다만 비극과 서사시가 같은 효과를 준다는 점을 여러 번 암시했을 뿐이다.

■ 참고 문헌

1. 『시학』 국역판

손명현 역주. 아리스토텔레스 저. 『시학』. 서울: 박영사, 1960년(초판).

천병희 역. 『아리스토텔레스 「시학」, 호라티우스 「시학」, 플라톤 「시론」』. 서울: 문예출판사, 1999(초판 1976).

2. 영역판 및 해설서

Butcher, S. H. tr. with critical notes. *Aristotle's Theory of Poetry and Fine Art*, with a new introduction by John Gassner. New York: Dover Publications, 1951[1911].

Bywater, Ingram, tr. "Poetics." in *The Rhetoric and The Poetics of Aristotle*, with an Introduction and Notes by Friedrich Solmsen. New York: The Modern Library, 1954.

———. tr. "Poetics." *in Introduction to Aristotle*, ed., Richard McKeon. New York: The Modern Library, 1947.

Dorsch, T. S. *Classical Literary Criticism*. Penguin Books, 1965, in Sangsup Lee, ed..

Else, Gerald F., tr. with an introduction and notes. *Aristotle's 'Poetics.'* Ann Arbor: Michigan UP, 1967.

———. *Aristotle's 'Poetics.': the Argument.* Cambridge: Harvard UP, 1963[1957].

Golden, Leon and O. B. Hardison. *Aristotle's 'Poetics.'* A Translation and Commentary for Students of Literature. Talahassee, Fa: Florida State UP, 1981[1968].

Halliwell, Stephen. tr. and Commentary, *The Poetics of Aristotle.* London: Duckworth, 1987.

———. *Aristotle's Poetics,* with a New Introduction. Chicago: UP, 1998.

Lee, Sangsup, ed(이상섭 편). *English Critical Texts.* Seoul: Shinasa(서울 신아사), 1982.

Lucas, D. W., with an Introduction, Commentary and Appendixes. *Aristotle's 'Poetics.'* Oxford: Clarendon Press, 1968.

Olson, Elder, ed. *Aristotle's Poetics and English Literature: A Collection of Critical Essays.* Chicago UP, 1965.

Rorty, Amelie Oksenberg, ed. *Essays on Aristotle's 'Poetics.'* Princeton UP, 1992.

Russell, D. A. and M. Winterbottom, ed. *Ancient Literary Criticism,* The Principal Texts in New Translations. Oxford: Clarendon Press, 1972.

문지스펙트럼

제1영역 한국 문학선

1-001 별(황순원 소설선/박혜경 엮음)
1-002 이슬(정현종 시선)
1-003 정든 유곽에서(이성복 시선)
1-004 귤(윤후명 소설선)
1-005 별 헤는 밤(윤동주 시선/홍정선 엮음)
1-006 눈길(이청준 소설선)
1-007 고추잠자리(이하석 시선)
1-008 한 잎의 여자(오규원 시선)
1-009 소설가 구보씨의 일일(박태원 소설선/최혜실 엮음)
1-010 남도 기행(홍성원 소설선)
1-011 누군가를 위하여(김광규 시선)
1-012 날개(이상 소설선/이경훈 엮음)
1-013 그때 제주 바람(문충성 시선)
1-014 보이는 것을 바라는 것은 희망이 아니므로(마종기 시선)
1-015 내가 당신을 얼마나 꿈꾸었으면(김형영 시선)

제2영역 외국 문학선

2-001 젊은 예술가의 초상 1(제임스 조이스/홍덕선 옮김)
2-002 젊은 예술가의 초상 2(제임스 조이스/홍덕선 옮김)
2-003 스페이드의 여왕(푸슈킨/김희숙 옮김)
2-004 세 여인(로베르트 무질/강명구 옮김)
2-005 도둑맞은 편지(에드가 앨런 포/김진경 옮김)
2-006 붉은 수수밭(모옌/심혜영 옮김)
2-007 실비/오렐리아(제라르 드 네르발/최애리 옮김)

2-008 세 개의 짧은 이야기(귀스타브 플로베르/김연권 옮김)
2-009 꿈의 노벨레(아르투어 슈니츨러/백종유 옮김)
2-010 사라진느(오노레 드 발자크/이철 옮김)
2-011 베오울프(작자 미상/이동일 옮김)
2-012 육체의 악마(레이몽 라디게/김예령 옮김)
2-013 아무도 아닌, 동시에 십만 명인 어떤 사람
(루이지 피란델로/김효정 옮김)
2-014 탱고(루이사 발렌수엘라 외/송병선 옮김)
2-015 가난한 사람들(모리츠 지그몬드 외/한경민 옮김)
2-016 이별 없는 세대(볼프강 보르헤르트/김주연 옮김)
2-017 잘못 들어선 길에서(귄터 쿠네르트/권세훈 옮김)
2-018 방랑아 이야기(요제프 폰 아이헨도르프/정서웅 옮김)
2-019 모데라토 칸타빌레(마르그리트 뒤라스/정희경 옮김)
2-020 모래 사나이(E. T. A. 호프만/김현성 옮김)
2-021 두 친구(G. 모파상/이봉지 옮김)
2-022 과수원/장미(라이너 마리아 릴케/김진하 옮김)
2-023 첫사랑(사뮈엘 베케트/전승화 옮김)
2-024 유리 학사(세르반테스/김춘진 옮김)
2-025 궁지(조리스-카를 위스망스/손경애 옮김)
2-026 밝은 모퉁이 집(헨리 제임스/조애리 옮김)
2-027 마틸데 뫼링(테오도르 폰타네/박의춘 옮김)
2-028 나비(왕멍/이욱연 · 유경철 옮김)
2-029 모자(토마스 베른하르트/김현성 옮김)

제3영역 세계의 산문

3-001 오드라덱이 들려주는 이야기(프란츠 카프카/김영옥 옮김)
3-002 자연(랠프 왈도 에머슨/신문수 옮김)
3-003 고독(로자노프/박종소 옮김)

3-004 벌거벗은 내 마음(샤를 보들레르/이건수 옮김)
3-005 말라르메를 만나다(폴 발레리/김진하 옮김)
3-006 보들레르의 수첩(샤를 보들레르/이건수 옮김)

제4영역 문화 마당

4-001 한국 문학의 위상(김현)
4-002 우리 영화의 미학(김정룡)
4-003 재즈를 찾아서(성기완)
4-004 책 밖의 어른 책 속의 아이(최윤정)
4-005 소설 속의 철학(김영민 · 이왕주)
4-006 록 음악의 아홉 가지 갈래들(신현준)
4-007 디지털이 세상을 바꾼다(백욱인)
4-008 신혼 여행의 사회학(권귀숙)
4-009 문명의 배꼽(정과리)
4-010 우리 시대의 여성 작가(황도경)
4-011 영화 속의 열린 세상(송희복)
4-012 세기말의 서정성(박혜경)
4-013 영화, 피그말리온의 꿈(이윤영)
4-014 오프 더 레코드, 인디 록 파일(장호연 · 이용우 · 최지선)
4-015 그 섬에 유배된 사람들(양진건)
4-016 슬픈 거인(최윤정)
4-017 스크린 앞에서 투덜대기(듀나)
4-018 페넬로페의 옷감 짜기(김용희)
4-019 건축의 스트레스(함성호)
4-020 동화가 재미있는 이유(김서정)

제5영역 우리 시대의 지성

5-001 한국사를 보는 눈(이기백)

5-002 베르그송주의(질 들뢰즈/김재인 옮김)

5-003 지식인됨의 괴로움(김병익)

5-004 데리다 읽기(이성원 엮음)

5-005 소수를 위한 변명(복거일)

5-006 아도르노와 현대 사상(김유동)

5-007 민주주의의 이해(강정인)

5-008 국어의 현실과 이상(이기문)

5-009 파르티잔(칼 슈미트/김효전 옮김)

5-010 일제 식민지 근대화론 비판(신용하)

5-011 역사의 기억, 역사의 상상(주경철)

5-012 근대성, 아시아적 가치, 세계화(이환)

5-013 비판적 문학 이론과 미학(페터 V. 지마/김태환 편역)

5-014 국가와 황홀(송상일)

5-015 한국 문단사(김병익)

5-016 소설처럼(다니엘 페나크/이정임 옮김)

5-017 날이미지와 시(오규원)

5-018 덧없는 행복(츠베탕 토도로프/고봉만 옮김)

5-019 복화술사들(김철)

5-020 경제적 자유의 회복(복거일)

제6영역 지식의 초점

6-001 고향(전광식)

6-002 영화(볼프강 가스트/조길예 옮김)

6-003 수사학(박성창)

6-004 추리소설(이브 뢰테르/김경현 옮김)

6-005 멸종(데이빗 라우프/장대익·정재은 옮김)

6-006 영화와 음악(구경은)

제7영역 세계의 고전 사상

7-001 쾌락(에피쿠로스/오유석 옮김)

7-002 배우에 관한 역설(드니 디드로/주미사 옮김)

7-003 향연(플라톤/박희영 옮김)

7-004 시학(아리스토텔레스/이상섭 옮김)